Silke Lüttmann

**Labrador Siley
ermittelt**

AF210080

Tod
im ländlichen
Vreschen-Bokel

Ammerland-Krimi

Dieses Buch ist all denen gewidmet, die das ländliche Leben prägen und so wunderbar machen.

Die Autorin:

Geboren 1971, aufgewachsen in Bad Zwischenahn und nach dem Abitur lange Jahre als Fitnessfachwirt tätig gewesen.

Sie lebt mit einem Hund glücklich im schönen Ammerland und träumt von einem Resthof, auf dem sie Schafe und noch mehr Hunde halten kann.

© 2023 Lüttmann, Silke
Herstellung und Verlag: BoD – Books on Demand, Norderstedt
ISBN: 9783757814939

Prolog

Mein Name ist Siley, ich bin von blauem Blut. Ich lebe mit meinem Frauchen Silke auf einem Resthof in einer ländlichen Gegend. Wir mögen das Leben dort, denn die Menschen sind freundlich, man grüßt sich und hat stets Zeit für einen kleinen Klönschnack. Andere nennen es Neugier, aber bei uns nennen wir es Interesse an den Mitmenschen.

Auf dem Land haben die Menschen genauso so viel zu tun, wie die in der Stadt, dennoch geht es bei uns weniger hektisch zu, denn wir wissen, wie schön und auch wichtig es ist, die Natur zu genießen. Silke und ich laufen gern durch die Bauernschaften und freuen uns über Rehe und sonstige Wildtiere, die wir entdecken, genauso, wie über Kühe und Schafe auf der Weide. Leben auf dem Land ist jeden Tag auch ein bisschen wie Urlaub.

An diesem Tag endete unser Spaziergang jedoch mit Schreck und Aufregung und wieder einmal war meine Spürnase gefragt.

1

Die letzten Tage war es unerträglich heiß gewesen. Die Sonne hatte seit Tagen unerbittlich auf uns herunter geschienen und das Thermometer auf über 30 Grad Celsius gehalten. Ich mag zwar Wärme, aber nun wurde auch mir zu viel und ich hatte nur noch schlapp herumgelegen. Silke hatte mir immer wieder selbstgemachtes Hunde Eis gereicht, das mich jedoch nur immer kurz abgekühlt hatte, und so entschied sie, dass wir an diesem Tag ganz früh, noch bevor die Sonne richtig aufgegangen war, einen Spaziergang machen sollten. Das hielt auch ich für eine gute Idee und auch, dass Silke darauf verzichtete, mir ein Geschirr anzulegen. „Ich nehme heute nur die Retriever-Leine für dich mit, du darfst also quasi oben ohne laufen.", zwinkerte sie mir zu.

Außer uns war noch keiner auf der Straße unterwegs. Es war zwar schon warm, aber es war noch gut auszuhalten und ich ließ keinen Grashalm aus, ihn gründlich abzuschnuppern. An den heißen Tagen war ich nur neben Silke hergetrottet, die sehr bedacht darauf gewesen war, dass meine Pfoten nur ganz wenig Asphalt berühren mussten. Dennoch hatte ich nur meine Geschäfte erledigt und hatte den Rest der Strecke nur gehechelt. Silke ließ mich frei laufen und machte Fotos von der aufgehenden Sonne. Manchmal rief sie mich zu sich und ich musste vor ihrer Kamera posieren, etwas, das ich nicht gern mag, aber ich hielt kurz still, damit Silke Fotos machen konnte. „Du bist so ein schöner Junge.", strahlte sie mich an und gab mir einen Keks, wenn ich mich in Position hatte bringen und stillgestanden hatte.

Silke hatte die mittellange Strecke über Vreschen-Bokel auserkoren, um nicht an der Hauptstraße entlang zu müssen. „Wir wollen heute mal den Morgen in der Natur genießen.", hatte sie gesagt. Ich rannte mal rechts und mal links an der schmalen Straße entlang, überall fand ich Nachrichten von anderen Hunden, und ignorierte, dass Silke mich immer wieder ermahnte, auf einer Seite zu bleiben. Schließlich gab sie es auf und lachte über meinen Zickzack-Kurs. Wir kamen an einer Weide vorbei, von der aus uns fünf Kühe anschauten. „Guten Morgen, die Damen.", grüßte Silke sie und machte auch von ihnen ein Foto, da sie hübsch in einer Reihe am Zaun standen und uns neugierig beäugten. Ich war schon rechts abgebogen und wartete dort auf Silke. Wir hatten nun die Hälfte der Strecke geschafft. Vor uns lag nun noch eine gute Strecke, wo ich ohne Leine laufen konnte und ich gab noch einmal richtig

Gas. Meine aufgestaute Energie der letzten Tage verlangte ihren Tribut und ich galoppierte ein Stück voraus, um dann wieder zu Silke zurückzuwetzen. „Teil dir deine Energie gut ein, nachher trödelst du wieder." Silke tätschelte mich und gab mir ein Möhrchenstück, „Hier, eine Power-Möhre für dich." Ich rannte wieder los und kletterte an der Brücke den Abhang hinunter. Das Wasser im Kanal, unseren berühmten Fehnen, stand hoch und so konnte ich mühelos meinen Durst stillen. „Dass du dieses Wasser magst.", staunte Silke. Ich blickte zu ihr hoch und nahm noch eine Schnauze voll von dem Wasser. Als ich mich umdrehen wollte, um wieder den Abhang hinaufzuklettern, stolperte ich und wäre fast in den Kanal gefallen. „Was machst du denn?", hörte ich eine besorgte Silke rufen. Nun muss ich ihr zugutehalten, dass sie sich nicht ohne Grund sorgte, denn, obwohl ich ein reinrassiger Labrador bin, mit Stammbaum und allem, kann ich leider nicht richtig schwimmen und Silke musste mich schon das eine oder andere Mal aus einem Gewässer ziehen. Ich schaffte es aber wieder hinauf und so liefen wir weiter.

An der letzten Kurve kamen wir an einem Bauernhaus vorbei. Silke schaute neugierig hinüber. „Das würde ich auch gern haben wollen. Ein schöner alter Resthof." Sie blieb stehen und blickte auf den Garten. „Wirklich schön." Ich war ein Stück weitergelaufen und stand nun an der großen breiten Einfahrt. Der Hof lag friedlich vor uns und wirkte majestätisch. Man konnte das Leben auf früheren Zeiten fast noch spüren, aber der Hof wurde nicht mehr betrieben, leider ein Schicksal, das viele kleine Höfe betrifft, die irgendwann aufgegeben werden. Die Stallungen waren leer, doch ich sah an Silkes Gesicht, dass sie sich vorstellte, wie es wäre, den Hof wieder mit Leben und vor allem Tieren zu füllen.

Ich hielt meine Nase hoch in die Luft. Silke sah immer noch gedankenverloren zum Resthof mit dem schönen Bauerngarten vor dem Haus. „Na komm, wir gehen nach Hause, ich habe Hunger." Sie wandte sich zum Gehen, doch ich preschte plötzlich die lange Auffahrt des Resthofes hoch. „SILEY! HIER HER!", schrie Silke, aber ich drehte mich nur um und bellte wie verrückt. Silke sollte mir folgen. Sie kam langsam die Einfahrt hinter mir her. „Siley!", rief sie wieder meinen Namen, „Hier jetzt her!" Wieder bellte und Silke lief schneller. Ich rannte voran und bog rechts um den Stallteil. Dort wartete ich auf Silke, die nun recht zügig hinter mir herkam. Sie blieb stehen und schaute sich um. „Was machst du denn? Wenn Herr Dierks uns nun erwischt?", flüsterte sie und sah sich immer wieder um. Meine Nase drängte mich, weiterzulaufen und so stand ich schließlich vor dem großen Scheunentor. Ich zuckte vor Schreck zusammen, als Silke mein Geschirr griff, um mich wegzuziehen. Mit einem Ruck riss ich mich jedoch los und lief zur kleinen Tür im Scheunentor, diese stand einen kleinen Spalt weit offen. „Gleich werde ich böse.", schimpfte Silke, doch ihre Neugier siegte und sie folgte mir, wobei sie sich immer wieder umsah. Ich schob mit der Schnauze die Tür weiter auf und zwängte mich hindurch. Silke schlich hinter mir her. „Was ist denn?" Ich hob wieder meine Nase in die Luft und folgte meiner Spur, die ich bereits auf der Straße gewittert hatte. Nun lief ich mit der Nase am Boden durch den Stalltrakt. Hier und da schnupperte ich und kam der Ursache immer näher. Silke sagte nichts mehr, sie behielt mich im Blick und ging dicht hinter mir. Ich kam an mehreren Schweineboxen vorbei, die alle verschlossen waren und drehte dann so abrupt wieder um, dass Silke beinahe über mich gestolpert wäre. Meine Nase führte mich zwei Boxen zurück und da blieb ich mit gesträubtem Nackenfell und knurrend stehen. Silke schaute sich um, dann schaute sie über die kleine Mauer der Schweinebox. Sie wich einen Schritt zurück, sah zu mir herunter, dann wieder in die Box. „Siley..." Sie starrte in die Box. Mir war der Blick versperrt und so versuchte ich, mit den Pfoten, die Boxentür aufzubekommen. „Nein, aus. Ich öffne dir gleich die Box, aber bitte, pass auf." Ich trat etwas nach hinten, Silke öffnete die Box, sie hatte eine Tüte von mir genommen. Ich sah erst vorsichtig hinein. Vor mir am Boden lag ein Mann. „Das ist Hermann Dierks." Silke ging auf Zehenspitzen in die Box und sah sich genau um. Ich schnupperte alle Ecken ab und nahm mir dann den vor mir am Boden liegenden Mann vor. Eine Forke steckte in seiner Brust und ragte hoch nach oben. Meine Nase sagte mir, dass er noch nicht lange tot war. „Er war immer so freundlich und fröhlich." Silke unterdrückte ihre Tränen und biss sich auf die Lippe.

Marc Rohloff erschien im Jogging-Anzug und sah verschlafen aus. „Moin." Silke führte den Kommissar wortlos in den Stall und wies in die Box. „Eindeutig ein Tötungsdelikt.", stellte Marc fest. „Herr Dierks war immer freundlich, er hat immer ein nettes Wort für jeden gehabt." Silkes Augen füllten sich wieder mit Tränen und sie hockte sich neben mich. Ich leckte ihr die Tränen vom Gesicht und schaute dann dem Kommissar zu, wie er den offensichtlichen Tatort in Augenschein nahm. „Er wurde nicht bewegt, man hat ihn hier in der Schweinebox umgebracht." „Herr Dierks hat schon seit Jahren keine Schweine mehr. Warum die Forke?" Silke sah Marc fragend an. Ich las mit meinem Geruchssinn die ganze Box erneut ab und speicherte die verschiedenen Duftnoten ab. Dann erschien der von Marc bestellte Trupp aus Spurensicherung, Streifenpolizei zur Sicherung des Hofes und der Leichenwagen, der Herrn Dierks im Anschluss zur Gerichtsmedizin nach Oldenburg bringen sollte. „Ich komme nachher zu dir nach Hause. Geht nun." Marc schickte uns weg. Ich verließ nur ungern den Hof und auf dem Weg vom Grundstück nahm ich weitere Gerüche wahr. Es waren frische Gerüche und mit einem leisen Grummeln gab ich Silke dies bekannt. „Komm, wir müssen gehen. Aber...", Silke sah sich um und winkte Marc noch einmal zu, „...wir kommen wieder, wenn das Spektakel hier vorbei ist." Sie flüsterte mir zu und ich fügte mich brav. Auf dem Weg nach Hause musste ich immer an den alten Herrn Dierks denken. Er hatte mich immer zu sich hergelockt und mir die Ohren massiert. Ich hatte ihn gerngehabt und der Anblick, wie er mit der Forke in der Brust in der Schweinebox gelegen hat, erschütterte mich. Silke schwieg den gesamten Weg und als wir daheim waren, stellte sie mir mein Fressen vor. „Ach Siley, wo sind wir da nur wieder hineingeraten?"

Ich unterbrach das Fressen kurz und wedelte mit der Rute. „Lass es dir schmecken, ich mach nun noch Rührei, davon kannst du auch etwas bekommen." Silke holte sich Eier aus dem Hühnerstall und öffnete dem fleißigen Federvieh die Klappe, dass sie hinauskonnten. Mit den Eiern in der Tasche ging sie zur Schafkoppel und sah dort auf dem Weg zurück ins Haus nach dem rechten.

Der Kaffee war gerade aufgebrüht und die Rühreier zubereitet, als Marc, immer noch in seiner Jogging-Hose am Tor klingelte. Ich sah aus dem Fenster vom Esszimmer und bellte kurz, dann setzte ich mich wieder vor den Tisch, auf dem die Eier standen. „Möchtest du auch Kaffee und Eier?" Marc sah hungrig auf den Tisch. „Gerne. Zu der nachtschlafenden Zeit, als du mich angerufen hast, gab es leider noch keinen Kaffee an der Tankstelle und Hunger hätte ich wohl auch. Ist Rainer auch da?" Silke machte noch Toast und stellte dieses auf den Tisch. „Nein, er wollte bei der Wärme in seinem Haus bleiben." Dabei blickte sie zur Seite. Marc nahm einen Schluck Kaffee. „Trübe Stimmung im Paradies?" Silke winkte ab. „Lass uns essen, bevor die Eier ganz kalt sind."

Der Kommissar fuhr nach dem Frühstück ab. Er wollte nach Hause, sich umziehen und dann aufs Präsidium. Silke räumte auf und machte sich daran, die Weide zu kontrollieren. Die Schafe hatten sich in den Unterstand verzogen, da die Sonne inzwischen wieder mit erbarmungsloser Hitze hernieder schien. „Bleib du im Haus.", sagte sie zu mir, „Das ist schon wieder zu warm." Ich hatte gar nicht vorgehabt, mit hinauszugehen, da ich nach dem frühen Spaziergang und unserem Leichenfund müde war. Im Haus war es angenehm kühl, da die alten Mauern die Wärme abhielten. Silke hatte seit Tagen schon die Außenrollos auf halber Höhe zugezogen, damit die Sonne nicht in die Räume schien. Ich legte mich in mein Bett und schlief ein. Im Traum erschien mir der alte Hermann Dierks, der auf seinen Gehstock gestützt mich mit einem Leckerli heranlockte. „Komm her, kleiner Mann.", sagte er mit seinem freundlichen Lächeln. Ich wandte mich zu Silke um, damit sie mir die Erlaubnis erteilte und als sie genickt hatte, wollte ich zu Herrn Dierks laufen. Doch dieser hatte plötzlich diese Forke in der Brust und die Zinken schauten hinten aus seinem Rücken wieder heraus. „Komm, mein Junge.", sprach er. Ich war wie erstarrt, denn der Anblick war grotesk. Hermann Dierks stand mit der Forke mitten in seinem Oberkörper vor mir und lächelte. „Siley, wach auf.", flüsterte Silke neben mir. Ich zitterte am ganzen Körper und brauchte einen Moment, um mich zu orientieren, mein Traum war dermaßen real gewesen, dass ich das Gefühl hatte, Herr Dierks würde jeden Augenblick zur Tennentür hereingelaufen kommen. „Du hast nur geträumt." Silke hatte sich neben mich in mein Bettchen gelegt und streichelte mich sanft. Langsam beruhigte sich mein Herzschlag und ich wurde wieder richtig wach. „Wir machen uns nun Mittagessen.", lockte Silke mich aus meinem Bettchen und ich schaute mich um. Es war inzwischen schon Mittagszeit und ich hatte den Vormittag verschlafen.

Das Essen köchelte im Topf, es sollte Gemüsepfanne geben, Silke hatte die Zucchini, Möhren und Kartoffeln gestern aus unserem Garten geholt. Sie hatte eine Sauce gezaubert und ich wartete nun darauf, dass auch ich etwas davon abbekam. Aus den Augenwinkeln sah ich Bewegung am Einfahrtstor und lief zum großen Fenster. „Bekommen wir Besuch?", Silke beugte sich hinunter und schaute ebenfalls aus dem Fenster. „Was will Marc denn schon wieder hier?" Sie ging durch die Tenne auf den Hof und ließ den Kommissar ein. „Willst du wieder mitessen?", scherzte Silke. Marc Rohloff verzog keine Miene. „Es tut mir leid Silke, aber ich muss dich verhören. Mein Vorgesetzter hat mich heute in sein

Büro zitiert, er hat langsam Zweifel, dass du immer nur zufällig Leichen findest." Silke machte große Augen, „Das ist nicht dein Ernst!" „Ich muss es tun.", Marc blickte nach unten. „Dann komm rein. Oder muss ich etwa mit aufs Revier? Vielleicht sogar noch in Handschellen?" Silke hielt ihm ihre Hände hin. „Silke, bitte." Marc folgte uns in die Küche, wo Silke den Topf mit dem Essen herunter drehte. „Ich darf aber wohl etwas essen dabei, oder?" In Silkes Stimme war deutliche Verärgerung zu hören.

Der Kommissar stellte Silke einige Fragen und machte sich Notizen. Die Stimmung hob sich zum Ende wieder ein wenig. „Ich werde das so protokollieren, dann kannst du das morgen unterschreiben." Er fuhr wieder ab und Silke machte sich einen Tee. „Das kann doch echt nicht wahr sein. Du findest Spuren, die die Polizei nicht entdeckt, und nun werde ich verdächtigt, einen Mord begangen zu haben. Als ob ich sonst nichts zu tun hätte." Silke sah mich an und ich legte meinen Kopf auf ihr Bein. „Ich sollte Christian anrufen, nur für den Fall der Fälle." Meine Rute wischte über den Boden als Zustimmung. Silke erreichte ihren befreundeten Anwalt und berichtete ihm von dem Verhör und dem Verdacht des Polizeichefs Jürgen Müller, dem Vorgesetzten von Marc

Rohloff. Christian wollte direkt Marc Rohloff anrufen und am Abend zu uns kommen. Silke war sichtlich erleichtert und wir gingen kurz zusammen in den Garten, damit ich mich lösen konnte. „Wir können nun sowieso nichts machen, also lass uns den Rest des Tages im Schatten der großen Kastanie verbringen." Mit einem Kuschelkissen und einer großen Decke in der Hand gingen wir in den Garten und machten es uns unter dem großen Baum gemütlich. Hier war die Sonne inzwischen vorbei und so war es gut auszuhalten. Ich drückte mich dicht an Silke und sie legte den Arm um mich. „Schlaf ruhig. Ich pass auf dich auf."

2

Am Abend wurden die Temperaturen angenehmer und Silke marschierte mit mir zusammen über die Südkoppel. Sie rollte einen Ballen Heu vor sich her, den sie nahe des Unterstandes für die Schafe verteilte. Ich lieferte mir ein kurzes Wettrennen mit meinem Lieblingsschaf Lissy, gab aber nach kurzer Zeit auf, als mir die Luft ausging. In meinem Alter waren Wettrennen auch ohne tägliche Hitze schon anstrengend. Lissy kam zu mir zurück und stupste mich an. Silke lachte, „Ihr seid drollig." Dann machte auch Lissy sich über das frisch verteilte Raufutter her und Silke ging langsam mit mir zurück zum Haus. Ich hörte den Wagen als erster und trabte los zum Einfahrtstor. Silke folgte mir und sah dann den Grund meines Wartens am Tor. Der dunkelgraue Wagen von Silkes Anwalt fuhr vor und er stieg aus. „Moin. Das Begrüßungskomitee steht bereit, so mag ich das." Silke verdrehte die Augen und öffnete ihm. Sie wollte gerade das Tor wieder schließen, als die hintere Beifahrertür sich öffnete. „Hey, gewährst du mir auch Einlass?" Marc Rohloff hielt bittend die Hände in die Luft. „Naja...," Silke sah mich an, „Was meinst du?" Ich bellte kurz und lief auf den Kommissar zu. „Siley scheint dir verziehen zu haben, dann will ich mal nicht so sein." Sie ließ die Torflügel wieder aufschwingen und Marc trat ebenfalls ein.

Die drei setzten sich an den Gartentisch vor dem Haus, der nun im Schatten lag. Silke hatte alkoholfreies Radler für alle herausgeholt und sah Christian neugierig an. „Was hast du bewirken können? Muss ich schon einen Koffer packen?" Christian lachte. „Du kennst mich doch, ich bin der beste Anwalt, den du haben kannst." „Da hast du aber Glück gehabt.", wandte sich Silke an Marc, „Ansonsten hast du den Hof mit den Tieren an den Hacken." „Wieso? Ist Rainer auf Geschäftsreise?", Christian sah überrascht aus. „Lass uns das Thema wechseln..." Silke nahm einen Schluck Radler aus ihrer Flasche. „Was passiert denn nun mit mir?" „Du bleibst erst mal da, wo du bist, HIER!", gab Christian zu verstehen. „Ich habe mit dem Polizeichef Müller gesprochen und konnte ihn davon überzeugen, dass jeglicher Verdacht gegen dich haltlos ist." Silke atmete auf. „Dafür bin ich nun suspendiert." Marc Rohloff quälte sich ein Lächeln ab. „Du bist was???" Silke war fassungslos. „Warum?" Marc schüttelte den Kopf und fand keine Worte. „Mein Chef meint, ich wäre befangen und hätte in der Vergangenheit meine Fälle auch nicht selbst gelöst. Ganz unrecht hat er ja nicht, die letzten drei Fälle habe ich nur mit deiner und vor allem Sileys Hilfe aufklären können." Christian übernahm das Wort, „Das mag sein, aber ich denke vielmehr, dass er ein Problem damit hat, dass er selbst ein Problem mit dir hat. Du bist erfolgreich und könntest seinen Posten irgendwann übernehmen." Marc zog die Augenbrauen hoch, „Das will ich doch gar nicht." „Darum geht es dem meinem Chef nicht, er will seine Macht zeigen." „Moment.", mischte sich Silke ein, „Aber warum bin ich unter Mordverdacht in seinen Augen? Siley und ich haben nur die Opfer gefunden und hatten mit deren Tötung nicht einmal ansatzweise etwas zu tun." „Das habe ich ihm heute deutlich klar gemacht und so sieht er davon ab, Anklage gegen dich zu erheben. Ich habe ihm mit rechtlichen Schritten gedroht, da er keinerlei Indizien gegen dich hätte und dies als Willkür gewertet werden müsse." „Kurz nach dem Gespräch mit Christian hat er mich dann in sein Büro bestellt und hat mich bis auf Weiteres suspendiert." Silke sah geschockt in die Runde und ich rieb meinen Kopf an Marcs Bein. „Dann ist das also quasi unsere Schuld.", sagte Silke zerknirscht. „Blödsinn!", Marc widersprach heftig, „Der Müller hatte schon immer ein Problem mit mir und meinen Ermittlungsmethoden. Dies war nur ein Vorwand, dass er mich vorübergehend loswerden konnte. Aber ich werde mich wehren…", er sah

Christian an und grinste verstohlen. „Du übernimmst seinen Fall?", fragte Silke. „Nein, besser... Ich werde auf eigene Faust ermitteln." Einen Augenblick lang schwiegen alle. „Ich hoffe, ich kann auf deine und Sileys Unterstützung zählen?" Silke sah die beiden Männer an. „Habe ich denn eine andere Wahl? Schließlich geht es doch auch um mich.", sie lachte und holte für jeden ein weiteres alkoholfreies Radler aus dem Kühlschrank.

Christian fuhr Marc am Abend nach Hause und Silke hockte sich mit mir zusammen auf das Sofa. Sie umarmte mich und ich spürte ihre Sorgen. „Was machen wir denn nur, wenn der Müller seine Meinung ändert und ich doch ins Gefängnis muss? Wer soll sich denn um euch kümmern? Wie soll ich ohne dich zurechtkommen?" Es kullerten einige Tränen Silkes Wangen hinunter. Ich drückte meinen Kopf fest an Silkes Brust und sie atmete in mein Fell. Eng umschlungen blieben wir auf dem Sofa sitzen und hingen unseren Gedanken nach. Später legten wir uns lang hin und Silke deckte uns zu. Wir schliefen unruhig und waren froh, als der Morgen graute und wir aufstehen konnten. Silke ging als erstes zu den Schafen auf die Koppel und redete mit ihnen. Ich war am Zaun stehen geblieben und wollte nur zu gern wieder in mein Bett. Da hörte ich Marc am Tor rufen. „Siley! Hol dein Frauchen." Silke betüdelte noch immer die Schafe, daher bellte ich laut vom Zaun aus. Sie wandte sich mir zu und begriff, dass sie zu mir kommen sollte. Auf halber Strecke sah Silke Marc am Tor stehen und begann zu rennen. Ich lief ihr voraus und gemeinsam ließen wir Marc auf den Hof. „Guten Morgen. Du bist aber früh dran." „Ich konnte nicht schlafen.", gestand Marc. „Uns ging es genauso." Wir gingen ins Haus und Silke begann, Frühstück zu machen. Marc zauberte aus seiner Tasche eine Tüte mit frischen Brötchen.

„Wir sind beide im gleichen Boot. Du bist verdächtig, vielleicht einen Mord begangen zu haben, und ich will zurück in den Dienst." Silke nickte, „Du hast einen Plan, wie wir beide wieder rehabilitiert werden können?" „Ja. Wir ermitteln einfach zusammen weiter." Silke sah Marc an. „Etwas anderes kommt auch gar nicht in Frage.", sagte sie mit Überzeugung in der Stimme, „Es geht schließlich um unsere Ehre." Nach dem Frühstück steckten die beiden die Köpfe zusammen. Sie beschlossen, im Schutz der Dunkelheit, in der Nacht zum Tatort zurückzukehren und alles noch einmal gründlich abzusuchen. Ich sollte natürlich mitkommen. Marc blieb den ganzen Tag bei uns und fuhr, zu Silkes Freude, den Mist weg, der sich auf dem Anhänger türmte. Silke bereitete das Gästezimmer vor, damit der Kommissar noch etwas ruhen konnte, bevor wir am späten Abend losfahren wollten.

Zum Abendessen gab es Gemüseauflauf, danach zogen Silke und Marc sich in ihre Zimmer zurück. Ich blieb erst noch im Esszimmer in meinem Hundebett, schlich mich dann jedoch zu Silke ins Schlafzimmer, sie hatte die Tür einen Spalt breit offen gelassen für mich. Sie lag in ihre Decke gekuschelt auf dem Bett und schlief. Ich legte mich auf mein Kuschelkissen neben Silkes Bett und döste etwas. Zweimal hörte ich Marc in der Küche laufen, ich konnte seine Unruhe spüren. Um zweiundzwanzig Uhr klingelte Silkes Wecker und sie zog sich Sportsachen an. „Komm, mein Junge, wir gehen auf Schnüffeltour." Ich stieß die Tür zum Flur auf und lief voran in die Küche. Marc stand bereits fertig angezogen dort und wartete auf uns. „Es ist noch recht hell.", er blickte auf dem Fenster. „Ja, aber wir parken auf der Rückseite und schleichen uns durch den Garten. Ich kenne das Gelände, da sieht uns keiner, weil hinten nur freies Land ist." Silke schnappte sich eine Taschenlampe aus der Büfettschublade und nahm den Wagenschlüssel vom Haken an der Wand. „Wir wären dann so weit." Gemeinsam liefen wir zum Wagen und ich sprang in den Kofferraum. Langsam spürte ich die Vorfreude auf unseren heimlichen Ermittlungstrip.

Die Sonne war untergegangen, doch immer noch war es recht hell. Silke fuhr die Straße am Hof von Hermann Dierks vorbei. Marc schaute in die lange Einfahrt, „Hast du das gesehen?" „Was denn?" Silke sah ebenfalls zum Hof hinüber. „Ich dachte, ich hätte eine Bewegung an der Hausecke gesehen. Aber wahrscheinlich habe ich mir das nur eingebildet." Silke sah noch einmal zur Hausecke, lenkte dann den Wagen um die Kurve und parkte ein Stück weiter die Straße hoch. Sie ließ mich aus dem Wagen und leinte mich an. „Du bleibst erst mal bei mir.", sagte sie. Ich zog stark an der Leine, als wir zum Hof schlichen. Unser Weg ging den Feldweg entlang und dann zwängten wir uns durch das dichte Gebüsch auf der Rückseite des Grundstücks vom alten Dierks. Silke leinte mich ab, „Du kommst besser durch, wenn du freilaufen kannst. Aber bleib in meiner Nähe." Ich hatte es einfacher, durch das dichte Gebüsch zu kommen, da ich unterhalb der dicken Äste durchhuschen konnte, und wartete dann immer wieder auf Silke und Marc, die mehrfach zu kämpfen hatten, um durchzukommen. Schließlich standen wir auf der Rasenfläche und konnten den Hof von seiner Rückseite aus sehen. Marc sah sich immer wieder um.

„Lass uns schnell hinüberrennen, man weiß ja nie, wer hier noch so vorbeikommt." Silke flüsterte mir zu, „Lauf dicht neben mir." So rannten wir dann los und erreichten ungesehen das Gebäude, das im Dämmerlicht in erhabener Größe vor uns lag. An der Hauswand holten Silke und Marc erst einmal Luft und lauschten dann. Marc öffnete den Riegel des großen Scheunentors und wir betraten die Scheune.

„Runter!", zischte Marc plötzlich. Silke duckte sich und legte ihre Hand auf meinen Rücken. Ich hatte schon vorher bemerkt, dass außer uns noch jemand auf dem Hof war und leise geknurrt. Silke und Marc waren jedoch so angespannt gewesen, dass sie nicht auf mich reagiert hatten. „Deswegen hat Siley also geknurrt." Vor uns liefen zwei Gestalten durch die Scheune. Eine von ihnen hielt etwas in seiner Hand. Marc sah Silke an, dann sprang er auf und rief, „STEHEN BLEIBEN! POLIZEI!" Die beiden Gestalten zuckten zusammen, zögerten kurz, dann riss die eine Person die andere an der Hand mit und sie rannten los. Marc sprintete hinterher und ich schloss mich ihm an. Silke blieb in der Scheune und hob etwas vom Boden auf. Marc rief erneut, dass die beiden Personen stehenbleiben sollten, doch sie rannten, ohne sich umzusehen, weiter. Ich rannte im vollen

Galopp an Marc vorbei und holte die beiden Gestalten ein. Eine der beiden fasste ich am Hosenbein, sie stolperte, fing sich jedoch wieder und schlug nach mir. Ich wich aus und packte erneut zu, dieses Mal schrie die Person auf, ich hatte nicht nur das Hosenbein erwischt, sondern meine Zähne in das Bein geschlagen. Die zweite Person drehte sich um und trat nach mir. Ich ließ ab und entging so einem harten Tritt. Marc gab dies die Möglichkeit, aufzuholen, doch die beiden Einbrecher rannten wieder los, wobei der eine von ihnen nun leicht humpelte, ich musste ihn ziemlich erwischt haben. Ich setzte wieder an und kam den beiden Gestalten wieder näher, doch bevor ich erneut zupacken konnte, flogen Steine um mich herum. Ich konnte dem ersten gut ausweichen, doch der zweite streifte meine Flanke und warf mich zu Boden. Schnell sprang ich wieder auf und versuchte, nicht erneut getroffen zu werden, indem ich Zickzack lief. Hinter mir hörte ich Marc fluchen, auch er war getroffen worden und lag nun am Boden. „Siley, lass es!", brüllte er hinter mir her. Meine Verfolgung hatte mich bis ans Ende des riesigen Grundstücks geführt und die beiden Einbrecher sprangen über den kleinen Graben und erreichten ihren Wagen. Mir wurde klar, dass ich die beiden nicht mehr weiter verfolgen konnte und, da Marc noch immer am Boden lag, ich auf mich allein gestellt war, daher entschied ich, zurückzulaufen.

Marc war am Knie getroffen worden. Als ich bei ihm ankam, hatte er sich gerade aufgerappelt und wir liefen zur Scheune zurück. Silke erwartete uns schon. „Was ist passiert?", fragte sie besorgt und sah sich Marc Knie an, „Das müssen wir kühlen." Marc winkte ab, „Halb so wild. Aber die beiden dunklen Gestalten sind uns entkommen." Ich leckte mir immer wieder die schmerzende Flanke und Silke tastete mich ab. „Sie haben uns mit Steinen beworfen. Vorher hat Siley einen der beiden aber anscheinend erwischt, jedenfalls hat einer aufgeschrien." „Lass uns nach Hause fahren." Silke wählte den Weg über die Einfahrt und wir gingen im Schutz der Dunkelheit die Straße entlang zum Wagen. „Hast du das Kennzeichen erkennen können?" Marc schüttelte den Kopf, „Leider nicht, mich hatte der Treffer am Knie umgeworfen." Der Lichtkegel der Taschenlampe leuchtete uns den Weg zum Auto und ich war froh, dass Silke mich angeleint hatte. Sie zog mich leicht hinter sich her, mir tat die Flanke doch mehr weh als erwartet. Auf der Rückfahrt schwiegen Silke und Marc, die Aufregung saß ihnen noch in den Knochen und auch ich rollte mich entgegen meiner sonstigen Art im Kofferraum zusammen und konnte es nicht erwarten, nach Hause zu kommen.

3

Bei uns zuhause holte Silke einen Kühlakku für Marc aus dem Gefrierschrank und tastete mich erneut ab. Sie reichte mir einen Kaustab und kochte dann Tee. „Da haben wir nun außer Schmerzen nichts erreicht." Marc war enttäuscht. „Sag das nicht...", Silke zog etwas aus ihrer Jackentasche, „Das haben die beiden in der Scheune verloren." Marc tat, als würde er einen Hut absetzen, „Chapeau! Die Männer jagen die Mammuts und die Frauen halten die Augen auf." Er lachte. Silke faltete die Zettel auseinander und gemeinsam blickte sie mit Marc darauf. „Leider ist der Zettel zerrissen, als der eine der Beiden den anderen mitgerissen hatte, nachdem sie uns bemerkt hatten." Mit der Lesebrille auf der Nase beugte sich Silke über die Reste der Zettel. Marc runzelte die Stirn. „Ausgerechnet die obere Hälfte fehlt." Silke nahm die Zettel in die Hand. „Da stehen Zahlen drauf, Prozente." „Warte mal...", Marc sah genauer hin, „Das scheint ein Vaterschaftstest zu sein." Die beiden sahen sich an und ich erwartete mehr Informationen. „Das Ergebnis des Testes sagt aus, dass die Vaterschaft zu 99,99% bewiesen ist." Silke überlegte, „Den Brief werden die Einbrecher doch sicher nicht mit INS Haus gebracht haben, also haben sie ihn dort gefunden." „Denkst du das gleiche wie ich?" Marc blickte gespannt zu Silke. „Hermann Dierks hatte ein Kind..." Silke setzte die Brille ab. „Er hat nie von einem Kind erzählt und soweit ich anhand seiner Erzählungen weiß, hat er immer allein gelebt." „Das Schreiben sieht noch nicht alt aus, das Papier ist weder verblichen noch abgegriffen." Marc wendete die Stücke der Zettel. „Herr Dierks war schon Anfang 80, da hat er doch sicher in den letzten Jahren keine Beziehung oder Affäre gehabt und ein Kind gezeugt." Silke kraulte mir den Kopf und dachte nach. „Uns fehlt die obere Hälfte..." Ich erinnerte mich an Hermann Dierks, wie er immer freundlich zu mir war, ich hatte nie den Eindruck, dass er unehrlich zu mir war.

Marc legte die Zettel wieder zusammen und stand auf. „Lass uns etwas schlafen, mein Knie schmerzt mich doch sehr." Ich lief bereits in das Schlafzimmer von Silke und hüpfte auf das Bett. „Wir werden wohl oder übel noch einmal den Wohnteil des Hofes vom alten Dierks absuchen müssen. Bei der Aufregung sind wir da gar nicht zu gekommen." Marc humpelte in das Gästezimmer, „Sieht ganz danach aus." Als wir im Bett lagen, wühlte Silke hin und her, sie fand keine Ruhe. „Ach Siley, Hermann Dierks war doch immer einer der Guten..." Ich gab knurrende Geräusche von mir, die Bestätigung ausdrückten sollten. Dann robbte ich mich hinauf in Silkes Arm und sie legte ihren Kopf auf meinen. „Schön, dass du da bist. Ich liebe dich." Ihr fielen plötzlich die Augen zu und wir schliefen ein.

Die Nacht war kurz gewesen, dennoch erwachte ich wie immer früh am nächsten Morgen und verspürte großen Hunger. Silke schlief noch, daher schlich ich mich in die Küche und schaute in meinen Napf. Trotz dem er leer war, leckte ich noch einmal gründlich durch. Von dem scheppernden Geräusch wurde Silke wach und stand verschlafen in der Schlafzimmertür. „Psst, Siley, du weckst Marc noch auf." Sie hockte sich neben mich und kraulte mir die Wangen. „Hast du gut geschlafen?" Ich drückte meinen Kopf an Silkes Hände und genoss die Streicheleinheiten. „Na komm, du hast dir dein Frühstück verdient nach deinem tapferen Einsatz gestern Nacht." Ich sprang auf und ab, als Silke meinen Napf mit leckerem Hühnchen füllte. Sie sah mir zu, wie ich mein Fressen in mich hineinschlang, dann machte sie sich einen Kaffee und ließ mich in den Hof. Mit einem Bademantel umhüllt, setzte Silke sich auf einen der Gartenstühle und trank ihren Kaffee, dabei schaute sie zu den Schafen. Ich lief gemütlich eine Runde über den Hof, löste mich und schaute dann bei den Hühner vorbei. Silke hatte vor kurzem eine automatische Hühnerklappe in den Stall einbauen lassen und diese öffnete sich in dem Moment, als ich am Stall vorbeilief. Die Hühner flatterten und liefen in ihr Gehege und ich beobachte sie eine Weile, wie sie scharrten und kratzten. Ich zuckte kurz zusammen, als Silke mit einem Eimer Körnerfutter neben mir stand und den Auslauf betrat, ich hatte sie nicht gehört, da ich mich ganz auf die Hühner konzentriert hatte. „Alles gut.", beruhigte Silke mich, „Ich bin es doch. Warst du in Gedanken?" Sie warf den Hühnern die Körner in den Auslauf und kam dann wieder hinaus. „Lass uns wieder ins Haus gehen und Frühstück vorbereiten. Bestimmt finde ich auch noch ein feines Leckerli für dich." Das ließ ich mir nicht zweimal sagen und folgte Silke.

Während die Eier kochten, duschte Silke schnell und kam mit nassen Haaren wieder in die Küche, sie hatte ein T-Shirt mit Hundeaufdruck angezogen und eine Cargo Hose. Die Eier waren fertig und als ob Marc nur darauf gewartet hätte, kam er genau in diesem Moment aus dem Gästezimmer. „Guten Morgen. Seid Ihr schon lange wach?" Er rieb sich die Augen und humpelte noch leicht, als er zum Küchentisch kam. „Siley hatte Hunger und als gute Hundemutter, musste ich dann natürlich sein Fresschen kredenzen." Silke lachte. Die beiden setzten sich an den Tisch und ich bekam hier und da etwas vom Frühstück ab. „Ich schlage vor, wir fahren direkt nach dem Frühstück erneut zum Hof vom alten Dierks und suchen nach Hinweisen." Marc wollte unbedingt herausfinden, was die beiden Einbrecher in der Nacht auf dem Hof gesucht hatten.

Am Hof vom alten Dierks angekommen, entschied Silke, dass ich vorerst im Wagen warten sollte. Mein Missfallen drückte ich mit Bellen aus. „Siley, bitte, Marc und ich nehmen die Scheune erst einmal ohne dich in Augenschein. Ich hole dich später dazu, wenn ich sicher bin, dass alles in Ordnung ist." Mir blieb nichts anderes übrig, als mich zu fügen und schaute Silke und Marc hinterher, wie sie wieder zum Hof gingen. Marc humpelte noch immer leicht und sah sich unentwegt um. An der Ecke, wo es zum großen Scheunentor ging, blieb Silke stehen und sprach mit Marc. Sie deutete hinter die Hausmauer und dann zum Wagen. Ich verstand von meinem Platz im Wagen aus nicht, was sie sagten. Silke kam schnellen Schrittes wieder zum Wagen zurück. Ich stand im Kofferraum und wedelte aufgeregt mit der Rute. Meine Hoffnung wurde erfüllt. Silke schloss das Auto wieder auf und ließ mich heraus. „Du kommst doch mit.", sagte sie mit bestimmendem

Tonfall, „Aber bleib dicht bei mir." Mit hoch erhobenem Kopf schritt ich neben Silke her. Marc hatte auf uns gewartet und gemeinsam gingen wir um die Hausecke zum Scheunentor. Das alte Tor quietschte beim Öffnen und wir schauten uns alle genau um, ob jemand durch das Geräusch auf uns aufmerksam geworden war. Es war nichts und niemand zu sehen und wir schlichen wieder in die große Tenne, dieses Mal jedoch am helllichten Tage. Ich lief zur hinteren Stallgasse auf der linken Seite und schnüffelte am Boden. Silke schaute in die einzelnen Boxen hinein und Marc öffnete die Türen der Kammern, die rechts eingebaut waren. Ich gab Laut, da ich etwas entdeckt hatte. Silke kam sofort zu mir. „Zeig mir, was du gefunden hast." Ich stieß mit der Nase immer wieder an die Leiter, die zum Heuboden hinaufführte. „Marc!", rief Silke. Er kam zu uns und Silke wies auf die Leiter. Marc sah nach oben und fasste mit beiden Händen die Leiter. „Ihr bleibt hier unten.", wies er uns an. „Ich würde Siley sicher nicht alleine hier unten lassen.", gab Silke zurück und grinste, „Er kann keine Leitern erklimmen." Marc lachte und stieg die Sprossen der Leitern hinauf. Silke und ich schauten gespannt nach oben, als Marc auf dem Heuboden verschwand. Wir hörten, dass er etwas schob. „Das glaubst du nicht.", in seiner Stimme war Fassungslosigkeit. „Erzähl, was ist da." Marcs Gesicht tauchte am Rand des Heubodens auf, er zeigte mit der Hand hinter sich, „Da ist eine kleine Hanfplantage. Nicht allzu groß, aber definitiv mehr als Eigenbedarf." Silke blickte mich an, „Hui, deine feine Nase hat Gras gefunden." „Ob Hermann Dierks die Plantage angelegt hat?" Marc machte ein paar Fotos mit seinem Smartphone und stieg die Leiter wieder hinunter. „Das kann ich mir nicht vorstellen.", meinte Silke, „Allerdings kann man den Menschen auch nur vor den Kopf gucken." Silke hielt die Leiter fest, als Marc die letzten Sprossen erreicht hatte. „Wir können keine Polizei rufen." Silke dachte nach. „Was machen wir?" Marc schüttelte den Kopf, „Ich bin suspendiert, aber ich könnte einem Kollegen, dem ich vertraue, meine Bilder senden, damit dieser aktiv wird." „Lass uns das erst bei mir zu Hause machen, mein Name sollte nicht unbedingt fallen. Damit bekämst du nur noch mehr Probleme.", in Silkes Stimme klang Wut mit.

„Ich würde gerne noch einmal das Wohnhaus inspizieren." Silke wandte sich zur Tür, die vom Stall in die Küche führte. „Mach das, ich schaue mich hier noch weiter um." „Komm, Siley.", forderte mich Silke auf, mit ihr in den Wohnteil des Hofes zu gehen. Marc schob einige Heuballen hin und her, als Silke die Hand auf die Türklinke legte.

Sie betrat mit mir zusammen die Küche, die wie aus einem anderen Jahrhundert aussah. In der Spüle war kein Wasserhahn, sondern eine Schwengelpumpe und an der rechten Seite waren Betten, die wie Schränke aussahen. „Guck mal, Kojenbetten.", Silke war begeistert. „Das ist ja toll, alles wie es früher mal war." Ich fand es etwas dunkel, aber die Gerüche waren interessant. Es roch nach Schinken und Holz und vielen anderen Sachen. Bevor wir uns weiter umsehen konnten, hörten wir ein lautes Scheppern, das aus dem Stallbereich kam. Silke riss die Küchentür auf und rannte in den Stall, sie sah sich um. Ich blieb kurz hinter Silke stehen, lauschte und lief los. Dort, wo ich Marc zuletzt gesehen hatte, hörte ich ein leises Stöhnen. Als ich um die Ecke schoss, wäre beinahe ein Mann über mich gestolpert. Er fing sich jedoch wieder und rannte mit großen Schritten an mir vorbei, hinaus auf den Hof. Ich wollte gerade ansetzen, ihn zu verfolgen, als Silke mich mit einem „NEIN!" stoppte. „Hierher!", sie zeigte neben sich, doch ich lief zum Heu und fand dort Marc. Silke rief erneut nach mir, doch ich hörte nicht auf sie, sodass sie mir folgte und Marc am Boden liegen sah.

Marc bewegte sich nicht, er blutete aus einer Wunde am Kopf. „Marc.", Silke kniete neben ihm. „Marc.", wiederholte

Silke, doch der Kommissar war besinnungslos. Ich schaute von Marc zu Silke, die voller Sorge neben ihm hockte. Sie zückte ihr Handy aus der Hosentasche und rief den Notruf. Marc wurde notärztlich vor Ort versorgt und mit Blaulicht im Krankenwagen zur weiteren Versorgung ins Krankenhaus gebracht. Der Krankenwagen bog gerade links aus der Hofeinfahrt, als ein Streifenwagen vorfuhr und einbog. „Das gibt Ärger...", flüsterte Silke mir zu. „Frau Lüttmann." Die beiden Beamten begrüßten Silke freundlich. „Wir können uns vorstellen, wie es dazukommen konnte. Die Suspendierung von Marc war für uns alle unverständlich und uns war klar, dass er das nicht so auf sich beruhen lassen würde." Sie lächelten Silke an, die mich verwundert anblickte. „Machen Sie sich keine Sorgen, wir werden einen neutralen Bericht schreiben, aus dem wir Sie heraushalten werden. Marc hat das Revier hinter sich." Silke entspannte sich etwas und berichtete den beiden Polizeibeamten, was sich in der Nacht zuvor ereignet hatte, und gab dann zu Protokoll, das Marc eine Hanfplantage auf dem Heuboden entdeckt hatte. Die Beamten versprachen, sich darum zu kümmern und sich bei Silke zu melden, wenn sie Näheres zum Zustand von Marc Rohloff erfahren würden.

Wir gingen zu unserem Wagen, ich blieb dicht bei Silke, die sichtlich geschockt war. Mit versteinerter Mine fuhr Silke uns nach Hause und sprach erst wieder, als wir unseren Hof erreicht hatten. „Siley, es ist meine Schuld. Ohne mich hätte Marc sicher nicht nochmal den Hof von Dierks durchsuchen wollen." Ich legte meinen Kopf auf Silkes Bein und sah sie an. Sie streichelte mir die Ohren. „Ich mache mir solche Sorgen um Marc." Tränen liefen über Silkes Wangen und sie schluchzte noch, als sie ans Telefon ging, das geklingelt hatte. Am anderen Ende war Christian, der Silke mitteilen wollte, dass er ein Schreiben verfasst hatte, um Silkes guten Ruf wiederherzustellen. Dieses wollte er an den Polizeichef Jürgen Müller senden. „Mach, wie du meinst." Silke war nicht ganz bei der Sache und Christian ließ sich berichten, was vorgefallen war. Er war ebenso besorgt wie Silke und wollte seine Kontakte zum Krankenhaus nutzen, um den Zustand von Marc zu erfragen. Wenige Minuten später rief er dann auch schon wieder an und ließ Silke wissen, dass Marc noch immer ohne Bewusstsein, sein Zustand aber stabil war. Er hatte neben der Kopfverletzung zwei gebrochene Rippen und etliche Prellungen. „Ich war nur kurz im Wohnteil gewesen, der Täter muss Marc überrascht haben, denn viel Zeit hat er nicht gehabt." Christian versuchte, Silke zu beruhigen, er bot ihr an, dass er später vorbeikommen wollte, doch sie lehnte ab. „Ich komme schon klar. Siley und ich werden nun unseren Hofpflichten nachkommen, das lenkt ab. Aber melde dich bitte, sobald du etwas Neues von Marc hörst." „Das mache ich.", damit verabschiedete er sich und wir gingen zu den Schafen. Nach getaner Arbeit zogen wir uns ins Haus zurück und kuschelten uns auf dem Sofa aneinander. Nach Essen war keinem von uns, der Anblick des zusammengeschlagenen Marc Rohloff saß uns noch in den Knochen.

4

Das Klingeln am Tor unterbrach Silkes haushaltliche Pflichten. Christian stand vor der Einfahrt und wedelte mit einer Tüte Brötchen zu uns herüber. Ich sprang an Christian hoch und wurde von Silke getadelt, „Nein, Siley!" Silke brachte auf einem Tablett das Geschirr und alles, was für ein Frühstück nötig war, auf die Terrasse. „Bekomme ich auch Rührei?", bat Christian. „Na klar. Ich mache schnell welches." Silke verschwand wieder im Haus, doch ich blieb bei dem Anwalt sitzen und starrte auf den Tisch. „Hypnotisierst du das Essen?", lachte Christian und schob den Teller mit Wurst weiter zur Tischmitte. Mit einer Pfanne in der Hand kam Silke wieder nach draußen und reichte Christian diese. „Ich habe mächtig Hunger.", gestand er und tat sich eine Portion Rührei auf den Teller. Silke schmierte sich ihr Brötchen und als sie fertig war, reichte sie mir ein trockenes Brötchen, das ich gerne annahm.

„Der Grund, warum ich so früh hier bin...", begann Christian und nahm noch eine Gabel voll mit Rührei, „Ich war heute Morgen schon im Krankenhaus. Marc ist wieder bei Bewusstsein. Das CT vom Kopf hat nichts ergeben, er ist mit einer Gehirnerschütterung davongekommen und hat mächtiges Schädelsausen."

Silke atmete tief auf, „Da bin ich erleichtert." Sie sah mich an und ich konnte ihre Freude über die gute Nachricht spüren. „Marc muss noch ein paar Tage zur Beobachtung im Krankenhaus bleiben, aber er wurde bereits von der Intensivstation auf die normale verlegt." „Dann kann ich ihn nachher besuchen?" Silke sah erwartungsvoll zu Christian. „Naja..." Ich blickte genau so erstaunt wie Silke. „Marc will mich nicht sehen?" „Doch, doch.", der Anwalt hob beschwichtigend die Hände. „Es ist nur so, dass der Polizeichef nach eurer Aktion, die Marc ins Krankenhaus gebracht hat, ein Disziplinarverfahren gegen ihn eingeleitet hat. Er hat es mir heute Morgen erzählt und mich gebeten, ihn anwaltlich in dieser Sache zu vertreten." Silke war geschockt. „Da habe ich Marc aber ziemlich in etwas reingeritten." „Nein, das ist ja nicht dein Verschulden. Es ist nur besser, wenn du von einem Besuch bei Marc absiehst. Ich habe ihm gesagt, dass du ihn anrufen wirst." „Ok. Hat Marc dir sagen können, wer ihn so zugerichtet hat?" Christian schüttelte den Kopf und kaute auf seinem Brötchen. „Es war wohl sehr schnell gegangen. Marc hatte im Heu gewühlt und plötzlich wäre da jemand hinter einem Heuballen hervorgesprungen und hätte mit einem Knüppel auf ihn eingeschlagen. Marc hatte keine Chance gehabt, da der erste

Schlag ihn gleich am Kopf getroffen hatte. Als Siley um die Ecke gerannt gekommen war, hat er nur noch gesehen, dass der Angreifer abgehauen ist. Danach ist er ohnmächtig geworden." Silke bestätigte, dass es sehr schnell gegangen war und schwieg dann.

Nach dem Frühstück schob Christian seinen Teller an die Seite. „Da Marc noch eine Weile außer Gefecht sein wird, was hälst du davon, wenn ich an seiner Stelle mit dir ermittle?" Silke hob abwehrend die Hände. „Damit du auch verprügelt wirst?" „Hallo? Ich habe sicher nicht vor, dass mich einer verprügelt, aber ich weiß auch, dass du die Sache nicht auf sich beruhen lassen wirst und mit Siley weiter deine Nase hineinsteckst." Silke lachte, „Ja, da hast du wohl recht." Ich lief aufgeregt um den Tisch und bellte. „Siley wird den Fall lösen und ich assistiere ihm natürlich dabei." „Ist es dir recht, wenn ich euch unterstütze?" Der Anwalt sah mich fragend an und ich legte meine Pfote als Zustimmung auf sein Bein. „Dann ist das hiermit besiegelt, ich bin dabei."

Die Menschen machten einen Plan, wie sie nun vorgehen wollten. „Alle guten Dinge sind drei, also werden wir nochmal den Hof in Augenschein nehmen." „Wir sind dort zweimal angegriffen worden. Irgendetwas muss da sein." Silke holte den abgerissenen Zettel aus der Buffetschublade und reichte ihn Christian. „Das haben wir bei unserem ersten Besuch gefunden, einer der beiden Einbrecher hatte es in der Hand und als sie flüchteten, hat der andere den unteren Teil aus Versehen abgerissen. Ein Vaterschaftstest, nur leider wissen wir nicht, wer die getesteten Personen sind, nur, dass die Vaterschaft erwiesen ist." Der Anwalt nickte, „Wir sollten also den Wohnbereich von Hermann Dierks nochmal durchschauen und weitere Papiere suchen. Der Stall ist nicht versiegelt worden, da die Polizei davon ausgeht, dass der tote Hermann Dierks die Hanfplantage selbst angelegt hatte." Silke verzog das Gesicht zu einer Grimasse. „Das soll wohl... und deswegen wird Marc zusammengeschlagen, als er sich in dem Bereich des Stalles umgesehen hat. Das war dann nur ein ungebetener Spaziergänger? Oder was meint die Polizei?" Christian verdrehte die Augen. „Keine Ahnung. Aber für uns ist das von Vorteil, denn wir kommen leichter in das Haus." Sie beschlossen, am Nachmittag zum Hof wollten. Der Anwalt hatte vorher noch einen wichtigen Termin mit einem Klienten.

Ich ging im Geiste die Hofstelle vom Toten nochmal durch. Die verschiedenen Gerüche wurden in meiner Nase wieder präsent und ich versuchte sie einzuordnen. Darüber schlief ich dann irgendwann ein und wurde erst wieder wach, als Christian wieder vor der Tür stand. Ich schüttelte mich und lief zum Wandhaken, an dem meine Geschirre hingen. Silke tüdelte mich an und dann fuhren wir ein weiteres Mal zum Hof des alten Hermann Dierks, den wir vor drei Tagen tot in seiner Scheune gefunden hatten.

Christian lief hinter Silke und mir, ich konnte deutlich merken, dass ihm unwohl war und blieb daher etwas hinter Silke und mehr neben dem Anwalt. „Wartet.", flüsterte Silke, als wir an der Hausecke angekommen waren, „Ich will erst schauen, ob die Luft rein ist." Christian sah sich immer wieder unsicher um. „Das kann mich meine Zulassung kosten." Er sprach mehr mit sich selbst als mit mir. „Egal, nun ist es eh zu spät, es gibt kein Zurück mehr." Silke winkte uns zu sich und öffnete das Scheunentor. „Wir tun einfach so, als wäre das alles normal, dann fallen wir nicht auf, wenn einer vorbeikommen sollte." Als erster verschwand Christian in der Scheune und er wurde zusehends ruhiger, nachdem er nun aus Sichtweite der Straße war. „Da hinten hat Marc gelegen.", Silke zeigte nach rechts in der Scheune. „Die Polizei hat nach dem Angriff auf Marc alles genau unter die

Lupe genommen, da brauchen wir also nicht nochmal schauen. Lass uns gleich ins Wohnhaus gehen." Der Anwalt schaute zu Silke und ich nahm seine Worte zum Anlass, nach links zu laufen und an der Tür zur Küche auf die beiden zu warten. Auch dieses Mal war ich von den Gerüchen aus der guten alten Zeit fasziniert und blieb mit hoch erhobener Nase stehen. „Siley, komm weiter." Ich löste mich nur ungern aus dem Zauber der Küche, folgte dann aber doch Silke, die nach rechts abbog und auf die ehemals gute Stube zusteuerte. „Hier war ich gestern, als Siley und ich das Scheppern aus der Scheune hörten und zu spät bei Marc ankamen, um ihm beizustehen." Silke schluckte schwer, straffte dann die Schultern und betrat das dunkle Wohnzimmer, das voll mit antiken Möbeln war. An den Wänden hingen Gemälde in großen goldenen Rahmen und um den Kachelofen herum waren alte Delfter Fliesen an der Wand. „Das ist ja mein Traum. Meine Urgroßtante war ähnlich eingerichtet. Ich habe das früher schon geliebt." Silke geriet ins Schwärmen und Christian musste lachen. „Du bist schon ein Unikum." Ich überließ die beiden ihren Krabbeleien und schritt über den Holzboden durch das Zimmer.

Ein großer mächtiger Vitrinenschrank aus Weichholz zog mich magisch an und ich kratzte mit einer Pfote an den

Türen. „Vorsichtig, Siley, wir dürfen keine Spüren hinterlassen." Silke zog sich ihre Gummihandschuhe an und öffnete die Glastüren der Vitrine. Es standen Bücher und Figuren darin. Im unteren Teil des Schrankes befanden sich einige Ordner. Christian ging in die Hocke, „Versicherungen, Haus, Steuern, Sonstiges." las er vor, was auf den Rücken der Ordner geschrieben stand. „Hermann Dierks war ein ordentlicher Mensch.", sagte Silke. Meine Nase tauchte neben Christians Gesicht im Schrank auf, ein anderer Ordner zog meine Neugier auf sich. „Da steht nichts dran." Christian holte den Ordner aus dem Schrank und legte ihn auf den Boden neben sich. Silke beugte sich vor und wir schauten zu dritt hinein. Der Anwalt blätterte Seite für Seite um. „Ach, schau an. Hier ist ein Testament mit Datum vom letzten Monat." Er und Silke sahen sich erstaunt an. „Das andere Testament ist vor über dreißig Jahren gemacht worden. Was hat unseren Toten dazu bewogen, ein neues aufzusetzen?" Silke dachte nach und ich stupste Christian an, damit er sich das neue Testament genauer ansah. „Siley ist aufmerksamer als wir.", Christian wies mit dem Finger auf das Dokument, „Es ist noch nicht notariell beglaubigt." „Lass uns den Ordner mitnehmen." Silke griff danach und Christian sah sie entgeistert an. „Das können wir doch nicht machen. Wir können nicht einfach Beweismittel vom Tatort entfernen." Ich stieß mit der Pfote an den Ordner. „Doch, können wir. Die Polizei hatte nun mehrere Tage Zeit, hier alles zu durchsuchen. Außerdem muss ich meine Unschuld noch bekräftigen und ich bin es Marc schuldig, dass er wieder rehabilitiert wird." Silkes Stimme klang energisch und so fügte Christian sich. „Ich merke schon, ich kann es doch nicht verhindern." Mit dem Ordner unter dem Arm zogen wir uns zurück und gingen zum Wagen. Unterwegs grüßten uns einige Nachbarn und jedes Mal zuckte der Anwalt zusammen. Silke dagegen sprach noch kurz mit jedem, so, wie wir es sonst auf unseren Spaziergängen auch immer machten.

Christian saß im Wagen und fasste sich ans Herz. „Ich bin für diese Art Aufregung nicht gemacht. Wie machst du das nur?" Silke sah mich an und schüttelte den Kopf. „Siley, erklärst du ihm das?" Sie lachte und schlug Christian spaßeshalber auf den Oberarm. „Wir suchen uns das nicht aus, wir haben keine andere Wahl." Sie zwinkerte mir dabei zu und ich genoss die fröhliche Rückfahrt, auf der ich den Mutmaßungen von den Vordersitzen lauschte. Zu Hause holte Silke einen Napf Wasser für mich und für die Menschen eine Flasche mit Limonade. Wir saßen in der Küche, da es draußen schon wieder unerträglich heiß war und auch die gespannten Sonnensegel nicht genügend Schutz vor der Sonne boten. Ich starrte auf den Ordner, der auf dem Tisch lag und konnte es kaum abwarten, bis einer von den beiden diesen aufschlug und nach Informationen suchte. „Dann wollen wir uns den Inhalt des Ordners mal genauer zu Gemüte führen." Ich bellte und hob zustimmend die Pfote. „Siley scheint eine Ahnung zu haben, dass wir hier der Lösung des Falles ein wenig näherkommen." „Er kann doch lesen.", Christian sah mich zweifelnd an. „Unterschätze ihn nicht... Er hat in seiner Nase mehr Sinne als wir beide in Augen, Ohren und Nase zusammen." Silke streichelte mir das Kinn und sah mich stolz an, „Du bist ein super helles Köpfchen." Die beiden lasen das Testament noch einmal genauer durch. „Dieser Vaterschaftstest...", Silke sprach langsam, „Hermann Dierks hat in diesem Testament sein ganzes Hab und Gut einer gewissen Sandra Marten vermacht." Ich sah, dass Silke auf dem richtigen Weg war und setzte mich auf die Hinterbeine. „Das ist doch kein Zufall. Diese Sandra Marten wird das Kind sein, dessen Vaterschaft auf dem unteren Abschnitt des Zettels, den ich gefunden habe, bestätigt wurde." Christian gab ein brummendes Geräusch von sich, „Hmm... Aber er schreibt hier nichts davon, dass diese

Sandra Marten seine Tochter ist." Er sah auf seine Uhr. „Oh je, ich habe völlig die Zeit vergessen. Mein Termin wartet schon auf mich." Er stand eilig auf und lief zu seinem Wagen. „Ich komme nachher wieder, wenn es recht ist, dann suchen wir noch weiter in dem Ordner." Silke winkte ihm nach.

5

Die Sonne ging langsam unter und inzwischen war es draußen auszuhalten. „Wir beide drehen erst einmal eine Runde über den Hof." Ich steuerte auf die Schafkoppel zu und suchte Lissy. Silke setzte sich auf den Holzzaun und baumelte mit den Beinen. „Lauf, Siley, lass deine Energie raus." Ich rannte zu Lissy, die unter den Bäumen stand und forderte sie zu einem Spielchen auf. Lissy und ich tobten eine Weile miteinander und legten uns dann zusammen in das kühle Gras. Von meinem Platz aus konnte ich Silke sehen, die mit einem Ballen Heu zu uns herüberkam. Die Schafe machten sich über das frische Heu her und Silke prüfte, ob alle gesund und munter waren. Während sie dies noch tat, fuhr ein Wagen vor unser Einfahrtstor.

Ich war eilig zum Tor gerannt und stand schwanzwedelnd davor. Silke hatte nichts bemerkt und war immer noch im Unterstand der Schafe, daher bellte ich und rannte zwischen Koppelzaun und Einfahrtstor hin und her. Kurze Zeit später sah ich Silke über den Zaun klettern und lächelnd zum Tor laufen. „Hey du. Was treibt dich hier her?" Sie öffnete das Tor und Rainer fuhr unter die Remise. „Christian war bei mir gewesen." Er sah Silke an und wartete auf eine Reaktion von ihr. „Ach guck, deswegen musste er vorhin fluchtartig los." „Er hat mir geschildert, was in den letzten Tagen passiert ist." Ich stellte mich neben Silke, denn in Rainers Stimme schwang schlechte Laune mit. „Und du bist nun hier, um mir Vorwürfe zu machen?" Rainer stemmte die Hände in die Hüfte. „Dass Marc schwerverletzt im Krankenhaus liegt, sollte wohl auch dir als Vorwurf genügen." Silke kniff die Augen zusammen und ging einen Schritt auf Rainer zu. „Nun hör mir mal gut zu!", sie hielt einen Zeigefinger in die Luft, „Ich habe Marc nicht gezwungen, mit zum Hof des Toten zu fahren, es war seine eigene Entscheidung. Marc versucht, meine Unschuld zu beweisen und ich helfe ihm, dass seine Suspendierung aufgehoben wird. Davon abgesehen bin ich dir keine Rechenschaft schuldig!" Die Feindseligkeit zwischen den beiden war mir unangenehm und ich leckte Silkes Hand zur Beschwichtigung. „Du hättest mich anrufen können! Stattdessen hast du Christian mit reingezogen." Rainer war wütend, doch auch Silke war mächtig geladen. „Weißt du, was ich glaube?", Silke holte tief Luft, „Du bist eifersüchtig, weil Marc und Christian mit Siley und mir an diesem Fall arbeiten und du nicht beteiligt bist." Silke öffnete das Einfahrtstor. „Vielleicht fährst du nun besser nach Hause." Sie wandte sich von ihm ab und wartete darauf, dass Rainer in seinen Wagen stieg und wegfuhr. „Das meinst du nicht ernst." Rainer starrte Silke fassungslos an. „Du bist so ein sturer Dickkopf!" Silke blieb standhaft stehen und schaute nur zu mir.

Gerade, als Rainer in seinen Wagen steigen wollte, fuhr Christian vor. „Schön, Ihr habt euch vertragen.", freute er sich. Doch dann merkte er, dass dicke Luft zwischen den beiden herrschte. „Leute!" Er sah erst Rainer und dann Silke tadelnd an. „Jetzt reißt euch mal zusammen. Das ist doch Kindergarten." „Ich wollte gerade wieder los.", sagte Rainer. Der Anwalt schloss das Einfahrtstor. „Nichts da, wir gehen jetzt zusammen ins Haus, bestellen Pizza und versuchen gemeinsam, im Fall Dierks und Hanfplantage weiterzukommen, damit Marc Rohloff nach seiner Entlassung aus dem Krankenhaus seinen Dienst wieder aufnehmen kann." Christians Stimmlage ließ keine Widerworte zu und so gingen Rainer und Silke schweigend hinter ihm her ins Haus. Mir war das unangenehm, da ich Harmonie brauchte. Im Haus setzte sich Silke aufs Sofa und ich legte mich halb auf sie. Das Streicheln meines Fells bewirkte, dass ihre Wut sich legte und sie lächelte mich an. „Du bist mein Ruhepol.", flüsterte sie mir ins Ohr. Rainer holte sein Handy aus der Tasche. „Pizza mit Mozzarella und Rucola?", fragte er Silke, wobei seine Stimme versöhnlicher klang. „Gerne.", Silke lächelte ihn an. „Ich nehme die auch, aber mit Geflügelstreifen.", orderte Christian bei Rainer, der unseren Pizzalieferanten am Ort anrief. Meine Ohren waren gespitzt, als er telefonierte. „Ich warte dann am Tor." Er wollte gerade auflegen, als sein Blick zu mir ging, „Ach ja, und ein paar Geflügelstreifen bitte extra einpacken und gern noch ein paar Pizzabrötchen." Ich wedelte mit dem Schwanz. „Ich vergesse dich doch nicht.", Rainer setzte sich auf die andere Seite des Sofas und seine Hand glitt über mein Fell. Als sich die Hände von Silke und Rainer dabei berührten, legte ich meinen Kopf wieder auf Silkes Schoß und sah zu Christian, der dies ebenfalls bemerkt hatte. „Geht doch!" Er holte Radler aus dem Kühlschrank und stellte jedem eine Flasche hin. „Ihr kennt euch so lange... Also vertragt euch." Silke sah Rainer an und begann zu lachen, ihr fröhliches und lautes Lachen streckte alle an, Rainer beugte sich vor und gab Silke einen Kuss auf die Wange. Menschen... manchmal sind sie doch komisch... Ich trollte mich in mein Hundebett zum Schlafen.

Spät am Abend waren Rainer und Christian gegangen und Silke räumte die Küche auf. Sie ging danach mit mir noch einmal nach draußen und während ich mein Geschäft erledigte, sah sie nach den Schafen und Hühnern. „Ist spät geworden, lass uns ins Bett gehen." Ich folgte Silke und kuschelte mich an sie, nachdem sie aus dem Bad ins Schlafzimmer gekommen war. Mit dem Arm um mich gelegt schliefen wir beide schnell ein, um am nächsten Morgen früh wach zu werden. Silke hatte gute Laune und küsste mich auf die Wangen, bevor wir einen Spaziergang durch den kleinen Wald machten, der nah bei uns am Haus war. Ich lief an der Schleppleine und sog die Düfte des Waldbodens auf, Silke lief mit schnellem Schritt hinter mir und besah sich die umherfliegenden Vögel. Nach dem Frühstück duschte Silke und zog sich ihre Jeans an, was für mich hieß, wir würden gleich wegfahren. „Bereit für eine neue Suchrunde beim Hof vom alten Dierks?" Ich sprang auf und ließ mir das Geschirr anziehen. „Ich bin sicher, dass wir dort noch etwas finden werden."

Es war gerade erst kurz nach sechs Uhr am Morgen und auf den Straßen war noch wenig los, als wir zum Hof von Hermann Dierks fuhren. An der Kreuzung bog Silke ab und ich meinte, dass uns ein Wagen folgte. Silke schien jedoch nichts zu bemerken und so sah ich wieder nach vorne und war aufgeregt, dass wir beide allein auf den Hof wollten. Mir war klar, dass damit ich die Verantwortung für Silke trug und auf sie aufpassen musste, sollte dort wieder ein Eindringling sein. Silke bremste kurz vor der Hofeinfahrt, blickte durch den Rückspiegel zu mir und sagte, „Was meinst du? Sollen wir einfach mal dreist die Einfahrt hochfahren?" Ich bellte und drehte mich im Kofferraum um die eigene Achse. „Okay. Dann machen wir das." Sie gab wieder Gas und fuhr die lange Hofeinfahrt bis hinters Haus hinauf. Bevor wir ausstiegen, sah Silke sich um. „Dann mal los.!" Silke ließ mich aus dem Kofferraum und ich lief geradewegs zum Scheunentor. „Sollte uns jemand fragen, dann sage ich, du seist mir abgehauen und ich hätte dich hier gesucht, weil ich gesehen hätte, wie du hier herumgelaufen wärest." Sie sah mich an und kraulte mir den Nacken. Mir war egal, ob uns jemand erwischte, ich war ungeduldig, in das Gebäude zu gelangen.

Silke öffnete das Scheunentor und ich lief linksherum zur Küchentür. Diese stand noch einen Spalt breit offen und ich stieß sie mit der Nase so weit auf, dass ich in den Wohnteil laufen konnte. Silke folgte mir und lief als erstes wieder in die gute Stube vom Dierks. Ich ging dort nur einmal kurz in der Runde herum und war mehr an einer anderen Tür interessiert, die links von der Stube war. Silke sah, dass ich dorthin steuerte, „Da waren wir noch nicht." Sie öffnete vorsichtig die Tür und wir schauten in das Schlafzimmer vom toten Hermann Dierks. „Oh je...", Silke starrte in das Zimmer, „Das ist nun aber doch irgendwie komisch..." Sie zögerte noch, aber ich betrat das Schlafzimmer und schnupperte jede Ecke und jeden Winkel ab. Am riesigen Kleiderschrank mit wunderschönen Zierelementen blieb ich stehen und drehte mich zu Silke um. „Ich komme schon." Sie ging vorsichtig in das Schlafzimmer und trat neben mich. Bevor sie die Türen des Kleiderschranks öffnete, schaute sie zum Bett vom alten Dierks. „Der Hermann war wirklich sehr ordentlich." Dann endlich machte sie den Kleiderschrank auf. Rechts befanden sich zwei Türen, hinter denen sorgfältig Hemden, Hosen und Jacken aufgereiht hingen. „Sei vorsichtig, das ist schon sehr persönlich, was hier drin ist." Ich steckte meine Nase hinein, doch fand ich nichts, was meine Aufmerksamkeit erregte. Hinter der linken Tür befanden sich Regalbretter, auf denen Bettwäsche, T-Shirts und sonstige Kleidungsstücke lagen. Alles war ordentlich zusammengelegt. Ich inspizierte auf diesen Teil des Schrankes als plötzlich hinter uns eine Stimme sagte, „Moin. Was machen Sie hier?" Silke und ich hatten bei unserer

Suche auf nichts anderes mehr geachtet und zuckten beide zusammen. Meine Nackenhaare stellten sich auf und während ich mich umdrehte knurrte ich bereits. Meine Muskeln waren zum Sprung bereit und ich sorgte dafür, dass Silke hinter mir blieb, um sie vor der Person zu beschützen.

Silke war sehr angespannt und als sie sich auch der Tür zuwandte, stand ich bereits lauernd vor ihr. „RAINER!", rief Silke aus, „Bist du irre???" Ich erkannte im gleichen Moment den Steuerberater und wedelte mit dem Schwanz. „Du hast mich zu Tode erschreckt!" In Silkes Stimme schwangen gleichermaßen Erleichterung und Verärgerung mit. Doch als Rainer die Hände hoch erhob und sich verteidigte, „Ich dachte, Ihr hättet gesehen, dass ich euch nachgefahren bin.", musste sie laut loslachen. Ich wuselte um Rainer herum, der mich streichelte, „Du wolltest mich doch wohl nicht ernsthaft angreifen, oder?" Silke ging auf Rainer zu, „Woher wusstest du denn, dass wir hierherfahren?" „Ich war auf dem Weg zu euch und an der Kreuzung sah ich dich abbiegen. Da habe ich eins und eins zusammengezählt." Mir wurde nun klar, dass ich Rainers Wagen gesehen hatte, der uns meiner Meinung nach gefolgt war. „Ich konnte ja nicht ahnen, dass Siley dich dermaßen beschützt." „Siley und ich beschützen uns immer gegenseitig." Silke lobte mich und gab mir ein Leckerli.

„In den Sachen anderer Leute wühlen ist schon etwas gruselig." Rainer empfand die Suche genauso wie Silke als Eingriff in die Intimsphäre von Hermann Dierks. Silke durchsuchte weiter den Kleiderschrank und Rainer nahm sich die Kommode, die rechts vom Bett stand, vor. Ich stellte mich neben Rainer und kratzte mit der Pfote an der untersten der drei Schubladen. „Geh ein Stück zurück, ich ziehe die Schublade heraus." Rainer und ich blickten gemeinsam hinein. Vor uns lagen Hosenträger, Handschuhe, ein Schal und etwas, das unser beider Aufmerksamkeit erregte. „Silke, schau mal." Sie kam zu uns und sah sofort das alte vergilbte Fotoalbum. „Warte, noch nicht anfassen." Sie zog ein paar Gummihandschuhe aus der Tasche und hob dann das Fotoalbum an. Silke legte es auf den Fußboden und blätterte es auf. „Das Leben von Hermann Dierks.", sagte sie ehrfürchtig. Wir sahen Bilder von ihm als Kind und in jungen Jahren. „Er war ein sehr attraktiver Mann." Rainer nickte, „In der Tat. Erstaunlich, dass er nie verheiratet gewesen sein soll." Silke blätterte mit behandschuhten Händen noch ein paar Seiten weiter. „Lass uns das Album mitnehmen.", entschied sie. „Siley, das hast du gut gemacht." Ich tänzelte vor

Stolz auf den Pfoten herum und drehte noch eine Runde durch das Schlafzimmer, bevor ich durch die Tür auf den Flur ging, wo eine große Truhe stand. Hier wartete ich auf Rainer und Silke, die alle Schränke noch wieder verschlossen, ehe sie mir folgten. Silke öffnete die Truhe und fand ein altes Jagdgewehr, das aber anscheinend nicht mehr schusstauglich war. Sie legte es wieder hinein und wir gingen durch die große Tenne aus dem Haus. „Kommst du mit zu uns? Oder hast du einen Termin?" Silke blieb an unserem Wagen stehen. „Ich folge euch wieder heimlich.", grinste Rainer.

Das Fotoalbum lag auf unserem Küchentisch, doch Silke und Rainer beachteten es nicht, da sie telefonierten. Marc Rohloff hatte aus dem Krankenhaus angerufen. „Ich werde morgen entlassen. Mein Schädel brummt zwar noch mächtig, aber ich habe drauf gedrängt, dass man mich gehen lässt. Hier werde ich noch verrückt, da ich nichts machen kann." Silke und Rainer lachten. „Was sagen denn die Ärzte?", fragte Silke. „Die wollen, dass ich noch ein paar Tage bleibe, aber ich gehe auf eigenen Wunsch und eigene Verantwortung." Marc klang noch etwas matt, aber er war sich seiner Sache sicher. „Es geht schließlich auch darum, dass meine Suspendierung aufgehoben wird."

Rainer gab zu bedenken, dass er es sich noch einmal gut überlegen solle, da Silke und Rainer auch ohne ihn weiter ermittelten. „Meine Kollegen haben mir zugetragen, dass Hermann Dierks von den Leuten umgebracht worden sein soll, die die Hanfplantage bei ihm hatten. Mein Chef geht von einem Streit zwischen den Parteien aus. Dierks und seine Drogenpartner wären wohl aneinandergeraten und dann haben sie ihn erschlagen." Silke runzelte die Stirn. „Dann ist der Fall also schon fast abgeschlossen?" „Ja.", antwortete Marc, „Die Kollegen fahnden nun nach den Partnern, wobei sie nicht genau wissen, ob es sich um eine oder zwei Personen handelt." Ich schnaubte laut auf, Silke sah mich an und wollte gerade wieder sprechen, als Marc ihr zuvorkam. „Ich habe Siley gehört. Er scheint Zweifel an der These meines Chefs zu haben." Rainer bestätigte ihm seine Vermutung, „Silke und ich waren heute noch einmal im Wohnhaus von Dierks und haben dort ein Fotoalbum gefunden." Marc schwieg einen Moment. „Habt Ihr das Album mitgenommen?" „Einmal darfst du raten...natürlich." Silke lachte und sprach weiter, „Wir wollen uns das Album gleich genauer anschauen. Siley hat uns darauf gestoßen. Es lag in der Kommode im Schlafzimmer, sorgsam verwahrt, daher denke ich, dass es für Hermann Dierks einen hohen emotionalen Wert hatte." „Super. Ich muss nun aber Schluss machen. Könnt Ihr mich morgen früh abholen? Ich rufe dann an." „Ja klar.", antwortete Rainer, dann war die Verbindung beendet. Silke und Rainer sahen sich an und Silke zuckte mit den Schultern.

Ich hockte mich neben Silke und schaute auf jedes Foto in dem alten Album. Es roch etwas muffig, aber die Fotos waren trotz ihres Alters gut erhalten. In etwa der Mitte des Albums waren einige Fotos, die Hermann Dierks als jungen Mann von etwa Anfang oder Mitte zwanzig zeigten. Mal saß er auf einem Motorrad, mal blickte er über eine Mauer und auf anderen waren weitere Aufnahmen, die scheinbar Urlauben von ihm gemacht worden waren. Bei mehreren hatte er Gesellschaft von einer jungen Frau, die mit knielangem Rock, Strickjacke und einer Hochsteckfrisur abgelichtet war. Sie hatte blonde Haare und lächelte Hermann Dierks auf jedem der Bilder an. Silke sprach aus, was ich dachte, „Die beiden sehen aus, als ob sie ein Paar gewesen sind." „Die Bilder müssen in den 60er Jahren gemacht worden sein." Sie blätterten weiter im Album, doch die junge hübsche Frau tauchte später auf keinem der Bilder mehr auf. Der Rest des Albums bestand nur noch aus Fotos, die Hermann Dierks auf seinem Hof und mit seinen Tieren zeigten. Er schien nicht einmal auf Geburtstagen oder ähnlichen Feiern gewesen zu sein, so sah es jedenfalls aus. „Hermann hatte mir mal erzählt, dass er sehr zurückgezogen gelebt habe. Das passt auf jeden Fall zu den letzten Bildern im Album. Aber wer ist die Frau?" Rainer spitzte die Lippen, „Blätter mal zurück." Er stoppte bei den Bildern von Hermann Dierks mit der Frau und zog eines aus den alten Fotoecken heraus. Die gewölbten weißen Ränder hingen fest in den Fotoecken, doch dann hatte Rainer es in der Hand und drehte es um. „Margarete, 1964, Harz", las er vor. „Kein Nachname und es ist fast 60 Jahre her." Rainer löste alle Fotos mit der Margarete aus dem Album und drehte sie um. „Leider ist auch kein Nachname auf den anderen Fotos. Immer nur der Vorname mit dem Jahr und dem Ort des Bildes." „Es könnte ja auch seine Schwester gewesen sein." Silke überlegte laut. „Hermann hat zwar mir gegenüber nie eine Schwester erwähnt, aber so gut kannten wir uns ja auch nicht." „Lass uns das Album vorerst an die Seite legen. Ich denke, es wäre gut, wenn Marc für ein paar Tage bei dir bliebe, nur für den Fall der Fälle. Wir sollten einkaufen und das Gästezimmer vorbereiten." Silke stimmte ihm zu und legte das Fotoalbum in die Schublade vom Küchenbuffet. Ich verzog mich in mein Hundebett und schlief ein. In meinem Traum rannte ich mit Hermann Dierks und seiner Margarete über Wiesen und er lachte dabei.

6

Der Abend war schwül, ich hechelte mit offenem Maul und hängenden Lefzen. Silke hatte mir ein Hunde Eis gemacht und ich kühlte mich damit ab. Ein kaltes und nasses Handtuch hing über meinem Rücken. „Siley tut mir leid, dieses schwüle Wetter macht ihm doch sehr zu schaffen." Silke blickte mich besorgt an und ich leckte weiter an meinem Leckspielzeug, das Silke mir für die heiße Zeit zubereitet hatte. Rainer hatte den Grill angeheizt und wendete das Fleisch. „Wir sollten nach dem Essen schauen, was an Dingen auf dem Hof gesichert werden sollte, falls das Gewitter, wie angekündigt, heftig über uns niedergeht." „Ich bringe schon einmal die Schafe in den Stall, sie sind schon unruhig." Silke zeigte auf die Koppel und nachdem sie sich ein Stück Brot vom Grill stibitzt hatte, lief sie über die Südweide. Sie trug einen Eimer mit Kraftfutter bei sich, um die Schafe damit in den Stall zu locken. Die Auen folgten ihr ohne Murren, sie spürten, dass sie im Stall sicherer aufgehoben waren, wenn das Gewitter losgehen sollte. Die Hühner waren bereits in ihrem Wagen verschwunden und Silke schloss die Hühnerklappe. Sie prüfte noch, ob alle Gartengeräte fest an ihrem Platz unter dem Abdach hingen. Ich folgte Silke nur mit den Augen, mir war jeder Schritt zu viel an diesem

Abend. Außerdem war der Duft vom Grill auch verlockender, als neben Silke herzulaufen. „Am Stall ist alles gesichert." Silke war wieder bei Rainer und schaute hungrig auf den Grill. „Das Fleisch ist gleich so weit." Rainer legte Würstchen auf einen Teller und reichte ihn Silke. Sie stellte nach und nach alles auf den Tisch, was Rainer ihr vom Grill anreichte. „Sag mal, hast du die Forke hinterm Stall unter dem Schleppdach hingelegt? Sie lag etwas ungünstig da." Rainer sah sie durch den Qualm vom Grill an, „Nein. Ich hab die Heuballen ohne Forke zur Koppel getragen. Ich konnte die Forke nicht finden." Silke gab einen nachdenklichen Laut von sich. „Dann muss ich das wohl gewesen sein. Hätte gefährlich für Siley werden können, wenn er im vollen Galopp um die Ecke gerannt wäre." „Die letzten Tage waren aber auch wieder konfus. Die Sache mit Marc und alles. Denk nicht weiter drüber nach. Lass uns essen." Sie wollten sich geradesetzen, als jemand vom Tor her rief, „Da komme ich ja gerade zur rechten Zeit." Christian stand am Tor. „Du riechst das doch, wenn es hier essen gibt", Rainer lachte und ließ den Anwalt auf den Hof. Ich bewachte derweil das Fleisch und hatte für Christians Begrüßung nur einen kurzen Blick übrig. „Das Fleisch muss aber gut sein, dass Siley das Wasser im Maul zusammenläuft." Christian setzte sich und Silke reichte ihm gegrilltes Fleisch und Salat. „Was führt dich hierher? Ich hoffe doch nicht, dass es nur das Essen ist." Christian lachte, „Nein, wobei es lecker ist. Wo habt Ihr das gekauft?" „Vom Biohof in Vreschen-Bokel, die schlachten nach Bedarf und alles nur in Maßen. Tierwohl steht bei denen ganz oben. Ich esse ja nur selten Fleisch, aber wenn, dann soll es aus guter Haltung sein." Christian nickte, „Ja, das sehe ich auch so." „Genug vom Fleisch! Was führt dich bei diesem drückenden Wetter zu uns auf den Hof?" „Ich wollte nur sehen, ob Ihr euch noch vertragt." Christian grinste breit. „Nein. Ich bin hier, um dir mitzuteilen, dass der Verdacht gegen dich zu einhundert Prozent entkräftet ist." Silke klatschte vor Freude in die Hände und sprang auf. „Darauf stoßen wir an!", rief sie aus und lief geschwind ins Haus. Rainer sprach kurz mit Christian, „Marc hatte vorhin angerufen. Man habe die Leute mit dem Hanf in Verdacht, Hermann Dierks ermordet zu haben. Daher ist Silke nun raus, richtig?" Christian nickte, „Ganz genau. Ich sehe, ich brauche euch gar nicht weiter auf Stand bringen." „Wir holen Marc morgen früh aus der Klinik ab und er bleibt ein paar Tage bei Silke. Ich werde mich dann auch auf dem Sofa einquartieren." „Das halte ich für eine gute Idee. Marc hat mit seiner Suspendierung mehr zu kämpfen, als er zugibt." „Deswegen wollen wir ihn auch unterstützen. Er entlässt sich selbst, da halten wir es für angebracht, dass er ein paar Tage unter unserer Aufsicht ist. Ich habe den Rest der Woche keine Termine und kann auch von hier aus arbeiten." Silke unterbrach das Gespräch, sie kam mit einer Flasche Sekt aus dem Haus gestürmt. Der Korken knallte und ich musste weiter auf meinen Anteil vom Grillfleisch warten, da die Menschen darauf anstießen, dass Silke nicht länger unter Mordverdacht stand und ihr guter Ruf durch den Anwalt wieder hergestellt worden war. Silke kniete sich zu mir. „Freust du dich auch?" Sie strahlte mich an. „Oh, warte.", sie griff auf den Tisch und stellte mir den Teller vor, den sie bereits für mich vorbereitet hatte, „Das ist für dich, mein Engel." Sie strich mir über den Kopf und ich machte mich gierig über den Teller her.

Das Wetter zog sich immer weiter zu und Christian verabschiedete sich dann. „Grüße an Marc, wenn Ihr ihn morgen holt. Er soll sich nicht zu viele Gedanken machen." Rainer brachte Christian zum Tor. „Wie läuft es sonst bei euch?" Der Anwalt wandte sich Rainer zu. „Silke ist nun mal Silke. Sie ist nicht immer einfach, wobei sie das Herz immer am rechten Fleck hat." Rainer sah Christian an. „Du bist aber auch nicht ganz ohne. Silke hat viel im Leben durchgemacht, aber sie hat nie aufgegeben und sich durch alle Widrigkeiten hindurchgekämpft." „Ja, ich weiß.", Rainer sah zu Silke hinüber, „Sie hat eine harte Schale, die ihr Schutz für den weichen Kern bietet. So schwierig es manchmal mit ihr ist, genau das ist es auch, was ich an ihr mag. Ich bin nie ganz sicher, was in ihr vorgeht." Christian folgte Rainers Blick. „Silke ist schon taff, aber sie ist auch eine zarte Seele." „Ihr Humor ist grandios und ihr Lachen ansteckend. Manchmal treibt sie einen halt in den Wahnsinn, wenn sie mit allen Leuten redet. Sie ist ein People Person, sie kommt um die Ecke und alle geraten in ihren Bann." Christian legte Rainer mitfühlend die Hand auf die Schulter. Die Männer lachten und dann fuhr Christian ab. Rainer schaute auf dem Weg zurück zum Haus über den Hof. Ich war ihm entgegengegangen. „Alles aufgegessen?" Er schaute zu mir herunter. Ich hechelte wieder stark und er schickte mich ins Haus, „Geh rein, auf der Tenne ist es noch kühl."

Das Gewitter fing eine gute halbe Stunde später an. Es grummelte erst leise und dann war es über uns. Der Himmel öffnete sich und es regnete mit einem Mal in Strömen. Den grellen Blitzen folgte sofort ein lautes Donnern. Ich lag in meinem Kuschelbett im Esszimmer und freute mich über den kühlen Windzug, der durchs Haus zog. Silke hatte die Fenster und Türen aufgestellt und die abkühlende Luft des

Gewitters verteilte sich im Haus. „Ich geh mal kurz nach draußen.", sagte Silke und zog sich eine Sweatjacke an. „Warte, ich komme mit." Rainer schlüpfte in seine Schuhe und die beiden gingen zur Tennentür. „Willst du mit?", fragte Silke mich, doch ich räkelte mich nur in meinem Bettchen und machte keine Anstalten, mitzugehen. „Dann schlaf ein wenig." Gewitter machte mir nichts aus, daher schlief ich schnell ein. Silke ging mit Rainer nach draußen und sie beobachten die Blitze. „Schön ist das. Mein Vater und ich haben früher immer Gewitter vom Garten aus beobachtet." Silke lehnte sich an Rainer und er gab ihr einen Kuss aufs Haar.

Rainer stand am nächsten Morgen als erster auf und kochte Kaffee. Ich schlurfte zu ihm und starrte auf die Leckerli-Dose. „Guten Morgen, der Herr. Hast du Hunger?" Er griff nach der Dose und reichte mir einen kleinen Geflügelkauknochen. Silke kam verschlafen in die Küche und nahm den Becher mit dampfendem Kaffee von Rainer entgegen. „Guten Morgen. Danke dir." Sie lehnte sich an die Küchenzeile und schaute mir zu, wie ich genüsslich meinen Kauknochen verspeiste. Langsam wurde Silke wach. „Wie machen wir das heute?" Rainer holte die Eier aus dem kochenden Wasser und drehte sich dann zu Silke.

„Ich habe mir überlegt, dass ich nachher Marc aus der Klinik abhole. Dann kannst du in der Zeit den Stall ausmisten." Silke umarmte ihn. „Das ist ein guter Plan." Sie trank ihren Kaffee aus und ging ins Badezimmer. Wir hörten, wie sie die Dusche anmachte und Rainer deckte den Tisch fürs Frühstück. „Willst du auch kurz in den Garten für deine Morgentoilette?" Der Kauknochen war verputzt und ich stand bereits an der Tennentür. Rainer ließ mich in den Hof und ich schlenderte ein wenig umher. Am Einfahrtstor nahm ich einen fremden Geruch wahr und ging diesem nach. Er verlor sich an dem Zaun neben dem Tor. Im Haus hörte ich Silke mit Rainer sprechen und trabte schnell wieder hinein, da dies bedeutete, dass es Frühstück gab. Silke hatte mir bereits meinen Napf mit Innereien und Haferflocken hingestellt, sie selbst saß am Tisch und schmierte sich ihr Brot.

Eine Stunde später klingelte das Telefon, Rainer ging an den Apparat. „Ja. Alles klar. Ich bin dann da." Er legte den Hörer auf. „Das war Marc, ich fahre nun los und hole ihn ab." Silke gab ein zustimmendes Geräusch von sich und räumte den Tisch ab. „Dann gehe ich nun in den Stall. Die Schafe wollen sicher schon raus. Das Gewitter hat die Luft schön klar gemacht." Ich folgte den beiden nach draußen und schaute

Rainers Wagen nach, wie er die Straße hochfuhr, ehe ich Silke in den Stall folgte. Lissy lief bereits in der Stallgasse und stupste mich übermütig an. Ich kabbelte einen Moment lang mit und dann rannte sie mit den anderen durch die weit geöffnete Scheunentür auf die Moorkoppel. „Komm. Wir schauen, ob die Zäune noch in Ordnung sind." Silke winkte mich zu sich und ich lief freudig neben ihr her. Silke prüfte die Koppeln und mistete im Anschluss die Boxen aus. Mir war das zu langweilig und so legte ich mich vor das Einfahrtstor und wartete darauf, dass Rainer mit Marc zurückkäme. Ein Radfahrer kam vorbei, sah zu mir herüber und fuhr den kleinen Feldweg hoch. Am Ende des Weges blieb er stehen, schaute zu den Schafen und drehte wieder um. Obwohl ein Sackgassenschild an unserer Straße stand, fuhren immer wieder Saisongäste die Straße hoch, um dann festzustellen, dass es dort nicht weiterging.

Marc wurde von Silke und mir begeistert begrüßt. „Halloho?! Ihr tut ja geradezu so, als ob ich Jahre lang weg gewesen wäre." Er lachte und humpelte vom Wagen zur Tennentür. Marc war noch blass und mit dem Verband um seinen Kopf sah er fremd aus, man sah ihm an, dass es ihm noch nicht wirklich gut ging. „Magst du einen Kaffee?" Silke trug seine Tasche und begleitete ihn ins

Haus. „Gerne. Der Kaffee im Krankenhaus kann Lebende zum Schlafen bringen." Er verdrehte die Augen. Silke stellte ihm einen Becher auf den Tisch und er nahm einen großen Schluck vom Kaffee. „Herrlich, da geht es mir gleich besser." Rainer hantierte mit den Töpfen herum, es war eine angespannte Stimmung. „Los Leute! Nun seid nicht so zurückhaltend. Was habt Ihr in der Zwischenzeit herausgefunden?" Schlagartig hob sich die Stimmung uns Silke berichtete dem Kommissar detailliert, was sie in den letzten Tagen an Informationen zusammengetragen hatten. „Kann ich das Fotoalbum nachher mal sehen?" „Wer, wenn nicht du.", flachste Silke und holte es aus der Buffetschublade. „Siley hat uns darauf aufmerksam gemacht. Sein siebter Sinn ist unschlagbar." Stolz sah ich Marc an, der mich tüchtig lobte. „Du hast den richtigen Riecher. Meine Meinung ist, dass meine Kollegen und auch mein Chef die falsche Spur verfolgen. Der alte Hermann Dierks war Anfang 80, hatte eine gute Rente und brauchte sich sicher diese nicht mit Drogengeschäften aufpolieren müssen." „Ich kannte ihn nun nicht soooo gut, aber, dass er mit Drogen zu tun gehabt haben soll, kann ich mir ehrlich gesagt nicht vorstellen.", pflichtete Silke Marc bei. „Wir sollten mehr über Dierks herausfinden.", Marc war nach dem Kaffee von Silke wieder in seinem Element. „Ich frage mal beim Finanzamt nach.", bot Rainer an. „Christian kann sicher auch noch über Amtswege einiges in Erfahrung bringen." „Ich sehe schon, Ihr habt die Lage im Griff. Wäre es in Ordnung, wenn ich mich kurz hinlege? In der Klinik ist immer Unruhe, da war an guten Schlaf nicht zu denken." Silke begleitete Marc ins Gästezimmer und schloss die Tür. „Marc sieht nicht gut aus...", Rainer blickte zum Gästezimmer, „Aber er will seine Ehre wiederherstellen." „Ja. Wir müssen ihn dabei unterstützen, denn in seinem jetzigen Zustand kann er selbst nicht viel dazu beitragen. Mir ging es mit dem Verdacht gegen mich schon schlimm, aber für ihn hängt auch seine Karriere davon ab."

Silke kochte das Mittagessen für Rainer, Marc und sich. Mir teilte sie einen Teil ab, den sie ungewürzt für mich zubereitete. Rainer hatte sich in Silkes Arbeitszimmer zurückgezogen, dort seinen Laptop angeschlossen und arbeitete. Vorsichtig öffnete Silke die Tür, „Störe ich?" Rainer winkte sie rein, „Ich will nur schnell diesen Abschluss fertigstellen. Komm ruhig rein." Silke nahm auf dem kleinen Sofa am Fester Platz und schaute in den Garten, der aufgrund der extremen Hitze und Trockenheit der letzten Wochen nur noch wenig Grün vorwies. Ich sprang neben sie auf das Sofa und legte meinen Kopf auf Silkes Schulter. Sie streichelte mir das Ohr und ich schloss wohlig die Augen. „So. Fertig.", Rainer klappte sein Laptop zu und folgte Silkes Blick in den Garten. „Du solltest die vielleicht einen Brunnen bohren lassen und eine Beregnung verlegen." „Das wäre in der Tat eine gute Idee. Ist doch schade um die schönen Rosen und Dahlien." Silke schaute Rainer in die Augen, „Ist bei uns alles wieder im Lot?" „Du machst es mir manchmal sehr schwer. Immer, wenn ich denke, ich hätte deine hohe Mauer erklommen, dann mauerst du in Windeseile noch höher." Rainer sah sie mit traurigen Augen an. „Ich kenne dich doch besser als jeder andere. Du darfst mir vertrauen." „Das weiß ich doch. Ich vertraue dir auch. Es fällt mir manchmal nur eben schwer, die Zügel aus der Hand zu geben." Rainer erhob sich von dem Bürostuhl und setzte sich auf die Armlehne des Sofa. Er legte den Arm um Silke und gab ihr einen Kuss auf die Stirn. „Einfach kann jeder. Ich gebe nicht auf, deine Mauer zu erklimmen. Aber komm mir bitte auch etwas entgegen." Silke nahm seine Hände und drückte sie fest. „Ich werde mir mehr Mühe geben." Sie hielt seinem Blick stand. Ich kletterte vom Sofa und ließ die beiden allein.

Marc Rohloff war pünktlich zum Mittagessen aus dem Gästezimmer gehumpelt. „Das riecht aber lecker." Er beugte sich über die Töpfe und bekam einen Rüffel von Silke. „Hier wird nicht gelinst. Hinsetzen!" Sie hatte den Löffel drohend gehoben und lachte. Rainer deckte noch den Tisch, dann aßen alle. „Du musst noch bis zum Abend warten.", Silke hatte meinen Napf zwar gefüllt, aber an die Seite gestellt. Meine Enttäuschung darüber, dass ich noch nichts abbekommen hatte, verging schnell, als Christian sich telefonisch anmeldete. „Dieses Mal bist du zu spät, wir haben schon gegessen." Der Anwalt lachte und kam dann einige Zeit später zu uns. Er umarmte Marc zu Begrüßung, „Schön, dass es dir besser geht. Wir haben uns große Sorgen gemacht." Marc war sichtlich gerührt. „Kommen wir zum Grund meines Besuches." Rainer stellte Tee auf den Tisch und sah den Anwalt erwartungsvoll an. „Ich habe beim Amtsgericht ein paar Nachforschungen angestellt. Dann habe ich eine befreundete Standesbeamtin auf der Gemeinde angerufen." Er machte eine Pause und sah jeden einzelnen an. „Ja, und?" Silkes Ungeduld war kaum zu überhören. „Ich habe die ominöse Sandra Marten ausfindig machen können." Die Stille, die diesem Satz folgte, war gespenstisch. „Sie wohnt in Ocholt und ist 53 Jahre alt." Rainer boxte dem Anwalt auf den Arm. „Das ist ja prächtig. Dann lass uns dahinfahren und mit ihr reden." Christian schüttelte den Kopf. „Ich war bereits bei Frau Marten. Sie wusste noch nichts vom Tod des Hermann Dierks." „Oh je...", rief Silke aus. „Ja, das war nicht schön. Aber Frau Marten hatte sich schnell gefangen." „Hat sie dir gesagt, warum der Tote sie vor kurzem als Alleinerbin eingesetzt hat oder es vielmehr vorgehabt hatte?" Marc wartete auf Christians Antwort. „Haltet euch fest!", Christian hob die Hände und erhöhte die Spannung, „Sie sagte mir, sie sei die Tochter von Hermann Dierks." Keiner sagte etwas. „Wie bitte?" Silke schüttelte lachend den Kopf. „Sie hat mir erzählt, dass ihre Mutter früher nur eine kurze Liaison mit Dierks gehabt hatte, aus der sie hervorgegangen sei. Dierks habe nichts von ihrer Existenz gewusst, da ihre Mutter den Vater als unbekannt angegeben hatte und seinen Namen bis kurz vor ihrem Tod vor einem Jahr verschwiegen hatte. Sandra Marten hatte sich nach dem Tod ihrer Mutter dann auf die Suche nach ihrem Vater gemacht und hat Hermann Dierks schließlich auch ausfindig machen können."

„Der Vaterschaftstest... Dann ging es bei dem Test um die Feststellung der Vaterschaft von Hermann Dierks. Nun ergibt das Sinn." Rainer überlegte laut.

„Nur hat Hermann mir gegenüber bei unserem letzten Treffen vor gut einem Monat nichts von einer Tochter erzählt." Silke hatte Zweifel. „Das war sicher auch ein Schock für ihn gewesen, dass er eine Tochter hatte, von der nichts wusste.", warf Marc ein. „Mag sein... Dennoch..." Silke erhob sich und lief durch die Küche. Die Männer sahen ihr dabei zu und warteten ab, bis sie fortfuhr. „Ich hätte erwartet, dass er dann vor lauter Stolz überall erzählt, dass er eine Tochter hat." Ich war einer Meinung mit Silke. Mir gefiel an der Geschichte von Sandra Marten etwas nicht. „Ein DNA-Test ist ein hieb und stichfester Beweis, dass Sandra Marten die Tochter von Hermann Dierks war." Marc betrachtete die Sache aus polizeilicher Sicht und stellte die Fakten auf. „Stimmt wohl...", Silke klang immer noch nicht ganz überzeugt. „Kann ich vielleicht mal deinen Laptop nutzen? Ich könnte mich auf meinem Rechner im Polizeipräsidium einloggen und schauen, ob ich unter Umständen etwas zu Hermann Dierks und Sandra Marten in unseren Akten finden kann." „Klar, kein Problem.", Rainer ging mit Marc ins Arbeitszimmer und loggte sich ein. Es dauerte eine Weile, bis die beiden wieder in der Küche waren. „Es ist kein Eintrag über keinen der beiden zu finden."

Nachdem Christian gegangen war, sprachen Silke, Rainer und Marc über die überraschenden Neuigkeiten. „Ich würde gerne mit Frau Marten sprechen, aber wenn ich da auftauche und sie sich bei den Kollegen auf dem Präsidium rückversichert, habe ich noch größere Probleme." Marc war sichtlich genervt. „Ich könnte aber mal zu ihr fahren.", Silke grinste schelmisch. „Ich kannte Hermann und könnte so tun, als ob ich davon wusste, dass sie die Tochter war. Es wäre ein reiner Beileidsbesuch zum Verlust des spät gefundenen Vaters." Silke blickte betont unschuldig. „Da haben wir dann eine Freiwillige gefunden." Rainer schüttelte sich vor Lachen. „Siley kommt natürlich mit." „Nichts anderes haben wir erwartet.", Marc zwinkerte Rainer zu. Ich freute mich, dass Silke und ich unseren Zweifel an der Sache mit diesem Besuch bei Frau Marten vielleicht ausräumen konnten. „Ich lege mich nochmal wieder hin.", Marc ermüdete noch immer schnell, „Dann machen wir einen Plan. Einverstanden?" Silke half Marc ins Gästezimmer und kümmerte sich dann um Wasser für die Schafe. Rainer arbeitete noch ein wenig und ich lag faul draußen im Schatten.

7

Marc hatte sich überlegt, dass Silke und ich zu Sandra Marten fahren sollten und so zog Silke mir mein Geschirr am Abend an und wir fuhren zu der von Christian angegebenen Adresse. Es war ein kleines Häuschen mit einem akkurat angelegten Garten. Vor dem Haus waren Steinbeete mit exotischen Gehölzen und der Rasen war dicht und säuberlich gemäht. „Oha, dagegen sind das bei uns aber wild aus." Silke klopfte sich ein paar Hundehaare von der Sweatjacke und wir traten vor die Haustür. Ein melodisches Klingeln läutete durchs Haus, als Silke den Knopf drückte und wir standen einen Schritt weit von der Haustür entfernt und warteten darauf, dass man uns öffnete. Ich hörte klackende Schritte und dann sah ich durch die sauber geputzten Scheiben der Eingangstür eine gertenschlanke Frau in einem hellen Kostüm mit kurzem Rock und hochhackigen Schuhen zur Tür kommen. Silke blickte zu mir und sah dann an sich herunter. „Wir sind anscheinend etwas underdressed.", meinte sie leise. Die Tür öffnete sich und die Frau sah uns verwundert an. „Moin. Sie wünschen?" Silke straffte die Schultern und stellte sich vor, „Moin. Mein Name ist Silke Lüttmann und das ist mein Hund Siley. Wir haben erfahren, dass Ihr Vater verstorben ist und möchten unser Beileid ausdrücken." Die Frau musterte Silke von oben bis unten. „Sie sind diejenige, die meinen Vater gefunden hat?", es war mehr eine Feststellung als eine Frage. „Ja, Siley und ich kannten ihren Vater und haben ihn leider tot in seinem Stall aufgefunden." Frau Marten schaute zu mir und lächelte, „Du bist aber ein hübscher Labrador." Ich suchte Silkes Augenkontakt und trat dann einen Schritt vor. „Möchten Sie hereinkommen?" Silke bejahte die Einladung von Sandra Marten und wir betraten das Haus.

Durch den hell gefliesten Flur folgten wir Frau Marten in das Wohnzimmer, das ebenfalls in Weiß gehalten war. Die Möbel, das Sofa, die Vorhänge und selbst die Teppiche waren in verschiedenen Weißtönen, die allesamt aufeinander abgestimmt waren. Silke richtete im Flur vor dem Spiegel noch schnell ihr Haar und ich spürte, dass sie sich neben Sandra Marten, die sorgsam frisiert und geschminkt war, deplatziert fühlte. „Ich sehe aus, wie ein Bauerntrampel", flüsterte sie mir zu, „Pass auf, dass du nichts dreckig machst." „Setzen Sie sich.", Sandra Marten machte eine einladende Handbewegung und Silke klopfte sich vorher schnell die Hose ab, bevor sie sich auf das weiße Sofa setzte. Ich setzte mich so neben Silke, dass ich das

Sofa nicht berührte und von meinem Platz aus Frau Marten gut sehen konnte. „Was kann ich Ihnen anbieten? Kaffee? Tee? Wasser?" „Ich nehme gern ein Wasser." Silke saß auf der vorderen Kante des Sofas und sah sich im Raum um, während Frau Marten in der angrenzenden Küche verschwand. „Kaum zu glauben, dass sie die Tochter von Hermann Dierks sein soll." Ich stupste Silke mit der Nase an, um zu signalisieren, dass ich das Gleiche dachte.

Das Wasser stand auf dem Tisch und die beiden Frauen unterhielten sich. Meine Nase hatte ich ein wenig angehoben, um die Gerüche im Haus besser wahrnehmen zu können. Den Duft, den Frau Marten an sich trug, hatte ich bei Hermann Dierks schon gerochen. Aber das war nicht verwunderlich, da sie ihren Vater noch vor kurzem besucht hatte, wie sie Silke erzählt hatte. „Ich kannte Vater noch nicht so lange, dennoch trifft mich sein Tod. Gerne hätte ich mehr von ihm gewusst.", sie blickte kurz nach unten und strich ihren Rock glatt. Eine Strähne ihrer blonden langen Locken fiel ihr dabei ins Gesicht, die sie wieder nach hinten strich, als sie aufblickte. Ich hatte ganz leise geknurrt, als sie Vater gesagt hatte und Silke warf mir aus den Augenwinkeln einen Blick zu. „Was werden Sie mit dem Hof machen?", Silke tat, als ob sie dies nur beiläufig interessierte und die Tochter vom Toten gab als Antwort, „Ich werde den Hof mit dem angrenzenden Land von vier Hektar verkaufen. Ich habe mit meiner Mutter in der Stadt gelebt und das Landleben ist nicht meine Welt." „Dann wohnen Sie noch nicht so lange in Ocholt? Das ist ja doch auch eher ländlich hier." Silke nahm einen Schluck Wasser. „Nein. Ich bin erst sein etwa einem halben Jahr in Ocholt und werde bald auch wieder wegziehen, nun, wo mein Vater tot ist. Ich überlege noch, ob ich nach Oldenburg oder vielleicht nach Bad Zwischenahn ziehe." Wieder knurrte ich kaum hörbar. Mit ihren hellblauen Augen sah sie Silke an. „Ich bin in Bad Zwischenahn groß geworden." Silke sprach wieder selbstsicher und ließ sich nicht länger von dem perfekten Aussehen der Sandra Marten verunsichern. „Ach! Ich dachte, Sie haben einen kleinen Resthof...", Frau Marten stockte kurz, doch Silke ließ sich nichts anmerken. „Den habe ich auch, mein ganzer Stolz. Ich betreibe ihn zum größten Teil selbst, nur bei einigen Arbeiten hole ich mir Hilfe. Ihr Vater hat mir immer auch gute Tipps und Ratschläge gegeben. Er war ein toller Mensch." Silke hielt Sandra Marten fest im Blick. „Das war er. Wir hatten ein paar schöne Monate zusammen.", die Dame wich Silkes Blick aus. „Bitte entschuldigen Sie. Ich habe gleich noch einen Termin mit dem Bestatter." Frau Marten stand auf und wir verstanden, dass wir nun gehen sollten. Ich stand langsam auf und bewegte mich in Richtung Tür. „Moment!", stoppte Frau Marten mich, „Ich habe noch etwas für dich." Sie holte aus der Küche eine Scheibe Wurst und hielt sie mir vor die Nase. Silke war überrascht und sah die Frau an. Ich schnüffelte kurz an der Scheibe und drehte den Kopf weg. „Er ist wählerisch.", lachte Silke verlegen. Frau Marten sah auf die Scheibe Wurst in ihrer Hand und dann auf mich. Sie ging wieder in die Küche und warf die Wurst in den Mülleimer. Silke gab Sandra Marten zum Abschied die Hand und dann stiegen wir ins Auto.

Marc und Rainer erwarteten uns schon ungeduldig. „Und?", beide sprachen zu gleichen Zeit. „Leute... gegen Sandra Marten bin ich ein echter Bauerntrampel. Die Frau sieht aus wie ein Model. Lange Fingernägel, die Haare topp frisiert, blond und lang. Die Figur ist perfekt, kein Gramm zu viel und das Haus ist sauber und modern eingerichtet." Silke hockte sich zu mir auf den Boden. „Da ist kein Platz für Tiere." Rainer sah Silke liebevoll an. „Schönheit liegt im Auge des Betrachters.", zwinkerte er ihr zu. „Was sagt sie denn?" Marc brannte vor Neugier. „Sie hat ihren Vater erst vor kurzem gefunden und wohnt seinetwegen seit einem halben Jahr in Ocholt. Nun will sie aber wieder weg dort und den Hof mitsamt dem Land verkaufen." Marc legte den Finger nachdenklich an das Kinn. „Als Tochter und einzige Angehörige ist sie Alleinerbin, dann kann sie damit machen, was sie will." „Ja, kann sie. Ich war nur sehr verwundert, weil sie wusste, dass ich auf einem Resthof wohne." Rainer riss die Augen auf. „Buschfunk? Haben deine Kollegen vielleicht etwas gesagt?", er wandte sich an Marc. „Ich werde meine Kollegen dazu mal fragen."

Den Rest des Tages döste ich im Schatten eines Baumes, die Hitze machte mir immer noch zu schaffen. Marc rief seinen Kollegen an und fragte ihn, wie weit die Ermittlungen vorangegangen seien. Der Kollege erzählte ihm, dass der ihr Chef, Jürgen Müller, denjenigen, die das Hanf in Dierks Scheune angelegt hatten, auf der Spur wäre. Es sei nur noch eine Frage von Tagen. Man ginge davon aus, dass diese sowohl Hermann Dierks erschlagen als auch Marc angegriffen hätten. Der Kollege wollte sich wieder bei Marc melden. Rainer hatte mitgehört und sah Marc zweifelnd an. „Das klingt ja alles plausibel. Trotzdem..." Marc nickte, „Es klingt mir zu glatt. Aber mag ja sein. Warten wir ab." Silke war hereingekommen und die beiden fassten den Anruf kurz für sie zusammen. „Das wäre doch prima, wenn der oder die Täter so schnell gefasst wären." Ich konnte Silke ansehen, dass auch sie nicht überzeugt war. „Ich möchte am Abend noch einmal zum Hof vom Dierks." Marc sah Silke und Rainer an. „Natürlich nicht allein." Rainer verzog die Lippen und Silke schwieg. „Bist du sicher, dass das schon geht in deinem Zustand?" Marc bejahte, „Ich will nur kurz einmal die Stelle begutachten, wo man mich zusammengeschlagen hat.", antwortete er Rainer. „Gut, dann lass uns warten, bis es dunkel ist. Wir nehmen Siley mit." Silke machte sich daran, das Abendessen zuzubereiten. „Ich mache heute nur einen Salat." „Ich suche noch eine Taschenlampe raus." Marc war sichtlich erfreut, dass Silke und Rainer mit ihm zum Hof fahren wollten. Ich bekam mein Futter und dann schickte mich Silke in mein Kuschelbett. „Ruhe dich noch ein wenig aus. Heute Nacht machen wir wieder mal eine Nachtwanderung." Sie drehte sich zu den Männern um, „Das ist ja ein klein wenig wie mit 15 Jahren, als man in den Ferien mit Freunden gezeltet hat und dann des Nachts durch die Straßen gezogen ist.", sie lachte. „Nur, dass wir jetzt mehr als dreimal 15 Jahre alt sind und an sich zu alt für so etwas." Rainer verdrehte die Augen. „Ach was! Im Herzen sind wir doch jung. Also essen wir nun Salat, dann ruhen wir etwas und auf geht es." Silke war voller Elan und auch Marc blühte bei dem Gedanken, etwas tun zu können, wieder auf.

Es war spät als wir losfuhren, doch ich war hellwach und freute mich über den Ausflug mit Silke und den anderen. Silke fuhr ohne Skrupel die lange Hofeinfahrt vom alten Dierks hoch und parkte hinter der Scheune. „Du willst hier stehenbleiben?" Rainer sah sie erstaunt an. „Ich schleiche nicht wieder herum. Wenn uns jetzt einer sieht, dann ist das so. Aber ich gehe nicht davon aus, dass uns jemand bemerkt, es ist bereits nach Mitternacht." Silke sprach energisch und so stiegen wir alle aus. Rainer stützte Marc und sie kamen langsam hinter Silke und mir her. Silke leuchtete in die Scheune und als die beiden Männer hinter uns die Scheune betraten, flackerten die Lampen auf, die hoch oben unter dem Dach am Ständerwerk hingen. Rainer schloss das Scheunentor, „Ich habe kein gutes Gefühl." Marc war schon weitergehumpelt und fast an der Stelle angelangt, wo er niedergeschlagen worden war. Er suchte den Boden ab. „Hier, nimm." Silke reichte Marc eine Forke. Er nahm diese und stocherte damit in dem herumliegenden Stroh herum. „Wonach suchen wir?" Die Neugier hatte bei Rainer gegen die

Sorge gesiegt und er schob mit dem Fuß ebenfalls Stroh zur Seite. Ich war etwas abseits herumgelaufen und hatte hier da meine Nase in das Stroh gehalten, als ich plötzlich einen harten Gegenstand mit der Nase ertastete. Vorsichtig schob ich das Stroh weg und vor mir lag ein Baseball-Schläger. Ich knurrte ihn kurz an und bellte dann, damit Silke und die anderen zu mir kamen. Meine Nase hatte den Geruch aufgenommen und ich wusste, dass ich diesen schon einmal irgendwo vorher in der Nase gehabt hatte. „Da ist noch Blut dran." Silke hatte die Taschenlampe angeschaltet und leuchtete damit auf den Schläger. „Hat zufällig jemand an eine Tüte gedacht? Und am besten noch Gummihandschuhe?" Marc sah in die Runde. „Zu irgendetwas muss ich doch auch gut sein.", lachte Rainer und zog aus der einen Tasche eine Tüte und aus der anderen ein paar Gummihandschuhe. „Wunderbar.", rief Silke aus und strahlte Rainer an. „Ich habe noch mehr Tüten dabei, verschiedene Größen." „Dafür bekommst du nachher einen Kuss." Marc verdrehte die Augen und griff nach den Sachen. Er packte den Schläger ein und nachdem wir nichts Weiteres gefunden hatten, verließen wir die Scheune. Silke schaltete das Licht aus und schloss die schwere Holztür. Fröhlich gestimmt gingen wir zum Wagen und die Menschen lachten, dennoch meinte ich Schritte gehört zu haben und strengte meine Augen an, ob ich etwas sehen konnten. „Psst!", Silke war meine lauernde Haltung aufgefallen. Sie leuchtete ich die Richtung, wo ich hinsah, doch es war nichts zu sehen. Schließlich entspannten sich meine Muskeln wieder und ich lief weiter zum Wagen. Silke leuchtete noch einmal umher, dann stieg auch sie ins Auto.

Mit einem Kauknochen verzog ich mich in meine Ecke und sah Silke, Marc und Rainer zu, wie sie den Baseball-Schläger von allen Seiten betrachteten. „Kein Wunder, dass ich derartige Kopfschmerzen habe." Marc fasste sich mit der Hand an seinen Kopf. „Was machen wir nun damit?" Silke sah Marc an. „Ich habe eine Freundin im Labor. Ich werde ihr den Schläger zukommen lassen, damit sie den auf Fingerabdrücken hin untersucht." „Du kannst jederzeit meinen Laptop nutzen, wenn du dich wieder auf deinen Arbeitsplatz einloggen willst." „Heute nicht mehr.", lachte Marc, „Ich verziehe mich ins Bett. Mir brummt der Schädel wieder." Schnell kehrte Ruhe ein und ich lag neben Silkes Bett auf meiner Kuschelmatte.

8

Silke fuhr am nächsten Tag mit dem Baseball-Schläger nach Oldenburg, wo sie ihn an Marc Bekannte aus dem Labor gab. Sie hatte den Schläger in eine kleine Reisetasche gesteckt, damit man nicht sah, was sie der Frau übergab. „Das Ergebnis werde ich bis morgen Abend vorliegen haben. Ich melde mich dann bei Marc." „Danke, das wäre super." „Gerne. Marc hat mir einmal geholfen, einen Stalker loszuwerden, dafür bin ich ihm ewig dankbar. Wie geht es ihm denn nun?" Silke erzählte der Laborantin, dass er derzeit bei ihr wäre und noch starke Schmerzen hätte. Sie wechselten noch ein paar Sätze und verabschiedeten sich. „Wir werden Marc wieder in den aktiven Dienst bringen.", versprach die Frau und richtete Silke Grüße an Marc aus.

Rainer schleppte gerade Wassereimer zu den Schafen, als wir wieder zurückkamen. „Du kannst mir anscheinend doch das Wasser reichen.", lachte Silke. „Dir wohl nicht, aber wenigstens den Schafen.", scherzte Rainer. Silke ging ins Haus und ich begleitete Rainer zu den Schafen, um kurz mit Lissy zu toben. Beim Spielen hätten wir beinahe Rainer umgeworfen, der mit uns schimpfte und uns mit Wasser bespritzte. Wir sprangen zu Seite und ich bellte Rainer an. „Du Racker, maule mich ruhig an." Er lachte und gab mir einen freundschaftlichen Klaps auf den Hintern.

„Frühstück!", rief Silke vom Haus her. Ich rannte sofort los und sprintete ins Haus. Silke wartete noch auf Rainer und sie folgten mir dann. „Danke.", lächelte Silke ihn an und hielt ihm die Tür zu Küche auf. Rainer legte den Arm um sie und zog sie mit ins Haus. Marc saß bereits am Küchentisch und wartete. „Muss Liebe schön sein...", grinste er breit. „Liebe? Was ist das?" Silke knuffte Rainer in die Seite und hockte sich dann neben mich. „Das ist meine große Liebe." Sie sah erst Marc an und dann Rainer, dabei zwinkerte sie ihm zu. „Hundefrauen...", kicherte Rainer. Ich bekam von jedem heimlich etwas zugesteckt vom Frühstückstisch und war zufrieden.

„Kommt mal rüber." Marc hatte sich an den Stubentisch gesetzt und vor sich ein paar Zettel ausgebreitet. „Ich habe mal zusammengefasst, was wir bisher erlebt und in Erfahrung gebracht haben." Rainer beugte sich als erster über die Zettel, während Silke noch ihre Lesebrille suchte. Dann lasen die beiden, was Marc notiert hatte. Er wartete, bis die beiden fertig waren. „Sicher ist, dass mich einer derjenigen niedergestreckt hat, der mit der Hanfplantage zu tun hat. Und ebenso sicher ist meiner Meinung nach, dass Hermann Dierks damit nichts zu tun hatte, er wird davon nichts mitbekommen haben, dass seine Scheune für den Anbau von Drogen genutzt worden ist." Silke nickte, „Das sehe ich auch so. Hermann passt für mich gar nicht in diese Geschichte. Ich habe das Gefühl, dass sein Tod nichts mit den Drogen zu tun hat." Rainer zog den Zettel heraus, auf dem Marc die Tochter von Hermann Dierks, Sandra Marten erwähnt hatte. „Mir ist noch nicht ganz klar, was diese Frau damit zu hat." „Da bin ich auch noch im Unklaren.", gestand Marc. „Siley mochte sie nicht, daher denke ich schon, dass sie etwas damit zu tun hat.", meinte Silke. Marc sortierte seine Notizen und legte sie beiseite. „Ich denke, wir sollten heute den Fall einfach mal ruhen lassen und den Tag genießen. Etwas Abstand könnte uns helfen, die Dinge anders zu betrachten." Silke trippelte unruhig auf und ab. „Silke, lass uns heute etwas Schönes machen. Morgen gehen wir mit neuer Energie daran." Sie fügte sich, „In Ordnung. Ich brauche sowieso noch Heu. Da könnte ich heute hinterhergehen und welches abholen." „Wir begleiten dich.", schlug Rainer vor. „Ich picke den Anhänger an meinen SUV und du kannst mit dem Schlepper fahren. Marc wird frische Luft um die Nase guttun, wenn er bei dir mitfährt." Der Plan war gefasst und Silke rief den Bauern ihres Vertrauens an, ein junger Niederländer, der sie jedes Jahr mit gutem Heu für die Schafe versorgte.

Rainer und ich fuhren im SUV mit Anhänger hinter Silke und Marc her, die mit dem Heuhänger am alten Mc Cormick nur langsam fahren konnten. Ich sah, wie Silke und Marc sich unterhielten und er über die Wiesen zeigte. Beim Niederländer sprang ich aus dem Wagen und suchte seinen Hund, einen Herdenschützer von etwas 8 Jahren. Gemeinsam liefen wir über den Hof und schauten den Menschen zu, wie sie große Heuquader auf die Anhänger verluden. Marc hatte sich in den Schatten gesetzt und staunte, er hatte nicht gedacht, dass Silke so viel Heu aufladen würde. Am Schluss wurden noch 6 Quader Stroh verladen und man lud uns ein, Tee mit dem Niederländer zu trinken. Silke sprach mit ihm über die Ernte und seine Tiere. Die Männer schwiegen und hörten nur zu. Rainer sah ich an, dass er Silke bewundernd ansah und er flüsterte ihr kurz zu, „Du hast noch mehr ungeahnte Talente, als ich dachte." Sie winkte ab, „Meine Vorfahren waren Landwirte und Bauern, das ist mir angeboren.", dabei lachte sie. Der Rückweg verlief noch langsamer, da nun alle Anhänger voll beladen waren. Silke sagte, dass diese einfach in den abgetrennten Teil des Stalles reingefahren werden sollten. Sie würde das dann später, wenn es kühler war, abladen.

Rainer und ich waren dieses Mal vorangefahren und er öffnete das Einfahrtstor. Mit dem Anhänger fuhr er Rückwärts in die Scheune und koppelte den Anhänger dann dort ab, um den SUV dann unter der Remise zu parken. Ich lief aufgeregt dem Schlepper entgegen und Silke scheuchte mich mit einer Handbewegung davon, „Vorsichtig, komm mir nicht unter die Räder." Auch sie fuhr ihren Anhänger in die Scheune und ließ den Trecker dort so stehen. Rainer half noch Marc vom Schlepper und Silke wollte gerade auf den Hof gehen, als sie abrupt stehenblieb. Ich folgte ihrem Blick und als ich loslaufen wollte, schrie Silke „SILEY! STOPP!" Ich erschrak und blieb stehen. Meine Augen waren jedoch auf das fixiert, das an der Seite der Remise lag. Rainer war bei Silkes Ausruf zu ihr geeilt. Auch er blieb wie angewurzelt stehen. Vorsichtig ging Silke auf die Remise zu. „Was habt Ihr denn?" Marc war etwas hinter uns und wir verdeckten seinen Blick.

„Hier liegt eine Forke. Die gehört mir aber nicht." Silkes Stimme zitterte. „Ein Huhn steckt darauf." Ich war neben ihr geblieben und sah, dass sie weinte. „Bleib dicht bei mir.", Silke sah zu mir herunter. „Wartet, ich komme.", Marc humpelte so schnell er konnte. „Ist das eines von deinen Hühnern?" „Nein, meine sind alle pink beringt." Marc sah sie an, „Pink?" „Ja, frag nicht." „Da hängt ein Zettel an einem der Zinken." Rainer stand nun neben der Forke. „Haltet Euch raus! Ansonsten geht es Euch wie dem alten Bauern! Wir lassen uns nicht das Geschäft kaputt machen!", las er vor. Alle drei sahen sich entsetzt an. Marc fasste sich als erster. „Mach Fotos davon. Ich rufe meine Kollegen an." Er zückte sein Handy und führte ein kurzes Gespräch. „Also doch..." Silke war wütend, „Sie töten Hermann, nun ein Huhn und als nächstes sind wir dran? Wegen Hanf?" Sie hatte die Hände auf den Kopf gelegt und ich verstand sie. Ihre Sorge galt mir und unseren Tieren. „Wenn einer meinen Tieren etwas tut...", sie sprach nicht weiter, aber Rainer und Marc wussten, was sie meinte. Ich drückte mich an Silkes Bein und sie tätschelte mir den Kopf.

Ein Streifenwagen fuhr vor. Zwei Kollegen von Marc stiegen aus, plauderten kurz mit ihm und warfen einen halbherzigen Blick auf die Forke mit dem Huhn. „Da hat sich jemand einen bösen Streich erlaubt.", vermuteten sie. „Ach ja?! Und was ist das dann mit dem Zettel? Das ist eine eindeutige Drohung." Die Polizisten zuckten mit den Schultern. „Jeder weiß doch, dass dieser Hund seine Nase überall hineinsteckt.", sie sahen zu mir. Silke baute sich auf, „Dann sollen wir das nun als Spaß abtun?" Marc mischte sich ein, „Das ist eine unverhohlene Drohung, die gemäß §241 StGB strafbar ist." „Ich würde das nicht so ernst nehmen.", erwiderte einer der beiden Beamten. „Ein Mann wurde getötet, auf den in dieser Drohung verwiesen wird, Herr Rohloff wurde krankenhausreif geschlagen... Und wir sollen das mit einem Lächeln hinnehmen?" Rainer wurde ganz rot im Gesicht. „Ich denke, Sie gehen jetzt besser. Ihre Namen habe ich mir gemerkt." Die Beamten wechselten kurz einen Blick und verließen dann unseren Hof. Silke trat vor die Remise. „Das darf doch alles nicht wahr sein!" Marc versuchte, sie zu beruhigen, „Ich bin mindestens genauso enttäuscht wie du. Ich bin ranghöher und sie interessiert das nicht einmal." „Christian hat sich die Namen notiert und will sehen, was er machen kann." Silke und Marc sahen Rainer an. „Ich habe ihn gerade angerufen." Gleich darauf klingelte sein Smartphone. Christian teilte Rainer mit, dass er Dienstaufsichtsbeschwerde eingereicht hatte, aber die Reaktion wäre sehr gering gewesen. Marc riss die Augen

auf, „Das kann doch alles nicht sein."
„Reg dich nicht auf.", Silke versuchte
Marc zu beschwichtigen. „Ich kann das
nicht fassen. Immerhin werde auch ich
da bedroht, ein Kollege, und die
bewegen sich nicht." Marc wandte sich
um und lief langsam in Richtung Haus,
er ließ den Kopf hängen. „Das ist eine
Klatsche für Marc...", Silke sah Rainer
an. „Ja, die eigenen Kollegen... Er
bekommt es gerade von allen Seiten
ganz dicke." Rainer umarmte Silke und
hielt sie fest.

Rainer hatte die Forke an die Seite
gestellt und das arme aufgespießte
Huhn im Garten beerdigt. Ich war mit
Silke alles abgelaufen und hatte überall
geschnüffelt, doch ich fand keine Spur.
Man musste das Huhn mitsamt der
Forke über den Zaun geworfen haben,
denn es gab keine fremden Gerüche
und Spuren auf unserem Grundstück.
„Komm, wir finden nichts. Lass uns
reingehen und schauen, wie es Marc
geht." Ich lief ein paar Meter vor Silke
her, blieb dann jedoch stehen, weil ich
Lissy am Zaun der Südkoppel stehen
sah. Silke bemerkte mein Halten nicht
und ich warf ihr noch einen kurzen Blick
zu und rannte dann zu Lissy. Mein
Lieblingsschaf rieb seinen Kopf an mir,
ihre Zuneigung tat mir in diesem
Moment gut. Die Menschen waren an
diesem Tag niedergeschlagen, obwohl
sie geplant hatten, dass es ein schöner

Tag werden sollte, und nun war die Stimmung trüb und große Sorge lag in der Luft. „Siley!", Silke schaute suchend nach mir über den Hof. Ich trennte mich von Lissy, die wieder zu den anderen Schafen lief.

Beim Abendessen wurde geschwiegen. Rainer hatte noch versucht, eine Unterhaltung in Gang zu bringen, doch keiner stieg darauf ein. Marc saß niedergeschlagen am Tisch und stocherte mit der Gabel in seinem Essen herum. Silke spielte mit einer Haarsträhne und hatte ihren Teller weggeschoben. Ich wusste, dass sie in großer Sorge um mich und unsere Tiere war und legte meinen Kopf auf ihr Knie. Ihre braunen Augen suchten Kontakt zu meinen und sie kämpfte mit den Tränen. „Wir können doch nicht einfach tatenlos dasitzen.", Silke schlug plötzlich mit der Hand auf den Tisch, so dass wir alle zusammenzuckten. „Nein! Ich werde mich nicht von Leuten, die mit Drogen handeln, ins Bockshorn jagen lassen. Wir müssen dafür sorgen, dass meine Tiere zu jeder Tages- und Nachtzeit sicher sind. Und dann legen wir den Drogendealern das Handwerk. Die Polizei will uns nicht helfen, obwohl einer von ihnen ebenfalls bedroht wurde, darum müssen wir nun in die Offensive gehen." Rainers Augen leuchteten. Marc sah auf und sah abwechselnd von Silke zu Rainer.

„Schlimmer kann es für mich nun auch nicht mehr werden...", er grinste schief. Silke nahm mein Gesicht in ihre Hände, „Ich zähle auf dich, dass du unsere vierbeinigen Mitbewohner im Auge behältst und mir jeden Eindringling sofort meldest. Ich lasse nicht zu, dass einem von euch etwas zustößt." Sie sah mich voller Liebe an und mein Herz ging mir auf.

Die Motivation vom Vorabend war auch am nächsten Morgen noch hoch und so überlegten Silke und Rainer bereits vor dem Frühstück, wie sie Marc helfen konnten, wieder in den Dienst versetzt zu werden. Die beiden waren bei den Schafen auf der Koppel und erneuerten die Einstreu des Unterstandes. Die Sonne brannte bereits heiß vom Himmel und ich hatte mich in den Schatten gelegt, von wo aus ich Silke und Rainer sehen konnten. Von diesem Platz aus konnte ich auch die Straße sehen, die an unserem Hof vorbeiführte. Ich sah einige Radfahrer vorbeiradeln, Touristen, die in einer Ferienwohnung am Ende der Straße weilten und vermutlich ihre Frühstücksbrötchen vom Bäcker holen wollten. Ein Wagen bog in die Straße ein und fuhr langsam bis zum Ende hoch. Ich konnte den Fahrer nicht erkennen, meinte aber, den Wagen schon einmal gesehen zu haben. Meine Zunge hing mir aus dem Maul und ich hechelte gegen die Wärme an, zu faul, mich zu bewegen. „Siley, Schatz.", Silke kniete neben mir und liebkoste meine Ohren, „Komm mit ins Haus, da ist es kühl." Ich mühte mich hoch und folgte Silke. Rainer war bereits an der Tennentür angelangt und wartete auf uns. „Ich hole Brötchen.", entschied er und schnappte sich seine Brieftasche und schwang sich auf Silkes Fahrrad. „Wenn das man gutgeht.", scherzte Silke und schob mich vor sich ins Haus. In der Tenne war es angenehm kühl. Die kleinen Fenster ließen nur wenig Licht hinein. Ich blieb in der Tenne und legte mich lang ausgestreckt auf den Boden, während Silke in die Küche ging. Sie ließ die Tür offen und sah immer wieder nach mir. Teller klapperten und ich roch den Duft von frischem Kaffee. „Guten Morgen." Marc war aufgestanden und zu Silke in die Küche gekommen. „Moin.", Silke reichte ihm einen Becher Kaffee, den er dankbar annahm. „Ist Rainer in die Kanzlei gefahren?", Marc sah sich suchend um. „Nein, er ist mit meinem Fahrrad Brötchen holen gefahren." „Oha." Silke und Marc prusteten los. „Ich habe Rainer vorher noch nicht Fahrrad fahren sehen." Inzwischen war ich abgekühlter und trottete in die Küche. Gleich darauf kam Rainer mit vom Wind zerzaustem Haar herein. Er schwang eine Tüte Brötchen in der Luft. „Mann jagen Brötchen. Mann haben Hunger." Er alberte herum und steckte die anderen mit seiner Laune an, dass auch ich durch die Küche sauste.

Wir saßen noch beim Frühstück, als Marc Smartphone klingelte. Marc sah zum Gästezimmer und wollte aufstehen, doch Silke sprang auf und schaffte es, Marc das Handy anzureichen, bevor das Klingeln aufhörte. Marc meldete sich und sprach kurz, bevor er sagte, „Warte kurz, ich schalte dich auf Lautsprecher, dann können die anderen mithören." Ich hörte eine weibliche Stimme am Telefon, die sich mit „Hallo Team Rohloff, Irene vom Labor hier." meldete. „Ich habe nur kurz Zeit, daher komme ich direkt auf das Ergebnis der Analyse des Baseball-Schlägers zu sprechen. Das Blut stammt einwandfrei von Marc, er wurde mit diesem Schläger zusammengeschlagen. Aber auch das Blut von Hermann Dierks konnte ich analysieren. Ich habe dann noch einige Fingerabdrücke sichern können. Diese habe ich durch den Computer geschickt. Leider hat dieser keine Treffer ausgespuckt. Der Täter ist anscheinend nicht polizeilich registriert oder vorbestraft. Lediglich die Fingerabdrücke deines Chefs konnte ich bestimmen." Es herrschte Schweigen bei uns in der Küche. „Hallo? Seid Ihr noch dran?" „Ja.", antwortete Marc, „Ich wundere mich nur gerade. Ich kann mich nicht erinnern, dass mein Chef am Tatort gewesen ist." „Vielleicht war er nach dem Anschlag auf dich dort." Marc sah Silke und Rainer an und schüttelte den Kopf. „Das könnte möglich sein. Aber warum hat er den Schläger dann nicht mitgenommen?" „Das kann ich dir nicht sagen. Ich muss nun leider Schluss machen, wir können später gerne noch einmal telefonieren." „Irene, ich danke dir. Du hast uns sehr geholfen." Dann verabschiedeten wir uns und die Laborantin legte auf.

„Das verstehe ich nicht.", Silkes Stimme erklang als erstes, „Dein Chef nimmt den Schläger und wirft ihn dann ins Heu?" Marc hob die Hände, „Ich kann es dir nicht sagen." Rainer klopfte mit den Fingern auf den Tisch. „Lasst uns Christian anrufen. Er könnte bezüglich deiner Suspendierung mit deinem Chef sprechen und vielleicht auch dabei den Ermittlungsstand zum Angriff auf dich erfragen." Ich stand wedelnd vor dem Tisch. „Siley hält das für eine gute Idee.", sagte Rainer und zeigte auf mich. Der Anwalt ging nach dem ersten Klingeln an sein Telefon, „Gedankenübertragung?", fragte er. „Ich hatte euch gerade anrufen wollen, da Marcs Chef, trotz dem ich ihm sachlich aufzeigen konnte, dass die Suspendierung nicht länger gerechtfertigt ist, an dieser festhalten will." Marc winkte ab, „Ich habe mit nichts anderem gerechnet, er hatte mich schon länger auf dem Kieker und versucht, mich loszuwerden." „Deswegen rufen wir aber gar nicht an..." „Ach nein?" Silke beugte sich zum Telefon vor. „Wir haben gerade eben eine Laboranalyse bezüglich eines Baseball-Schlägers bekommen, den wir im Stall vom Toten gefunden haben. Mit diesem ist Marc erwiesenermaßen niedergestreckt worden. Ich mag mir gar nicht ausmalen, was ihm noch hätte passieren können, wenn Siley nicht in seine Richtung gestürmt wäre und den Angreifer damit vertrieben hat."

„Stopp." Christian musste sich sammeln, „Ihr habt den Schläger im Stall gefunden? Aber die Polizei war doch nach dem Angriff dort gewesen und hat den Tatort untersucht." „Der Schläger lag im Heu versteckt, nahe der Stelle, wo Marc am Boden gelegen hatte.", Silke beschrieb die Lage und, dass sie ihn dort gefunden hätten. „Hat eure Quelle im Labor Hinweise auf den Täter gefunden?" „Leider nein. Die Fingerabdrücke sind nicht im System, nur der von meinem Chef." „Der von deinem Chef? Wie kommt der denn darauf?", verwunderte sich Christian. „Genau deswegen rufen wir dich an.", sprach nun Rainer weiter, „Wir möchten dich bitten, mit Marcs Chef zu sprechen. Immerhin bist du als sein Anwalt tätig und da sollte es keinen verwundern, wenn du dich nach dem Ermittlungsstand zu seinem Angriff erkundigst. Es wäre schön, wenn du uns nicht unbedingt erwähnen würdest. Wir haben immerhin Beweise vom Tatort entwendet und auch die Frau aus dem Labor könnte Probleme bekommen, da sie für Marc ohne Anweisung eine Analyse durchgeführt hat." „Ich lasse mir etwas einfallen.

Entweder melde ich mich heute Abend noch oder sonst morgen Vormittag." Damit war das Telefonat beendet und Marc klatschte in die Hände. „So, lasst uns aktiv werden. Mir geht es schon bedeutend besser und ich will den Tag nutzen."

Die Menschen sprachen den restlichen Tag nicht mehr von dem Fall, sondern widmeten sich der Hofarbeit und planten, im nahegelegenen See schwimmen zu gehen. Silke packte eine Tasche, in die sie auch mein Wasserspielzeug steckte. Sie sorgte noch für ein paar Äpfel und Getränke, dann fuhren wir los. Der kleine See lag ein nur zwei Kilometer weit weg, aber für mich und Marc war der Weg zu weit, um zu Fuß zu gehen. Am See angekommen lief ich direkt an den kleinen Strand und soff daraus. Silke holte mein Spielzeug aus der Tasche und warf es ins Wasser. „Apport.", forderte sie mich auf. Ich bellte wie verrückt und lief am Strand hin und her. Vor meinen Augen schwamm der rosa Stoffknochen, doch ich mag Wasser nicht und es kostet mich jedes Mal viel Überwindung, hineinzugehen. „Na los.", lockte Silke mich, die inzwischen schon knietief im Wasser stand. Ich nahm meinen Mut zusammen und rannte so weit ich konnte hinein, dann sprang ich noch ein paar Mal, bis meine Pfoten keinen Grund mehr erreichten, und schwamm. „Suuuuper.", lobte Silke mich und ich schnappte mir den Knochen, machte eine abrupte Drehung und schwamm zurück an Land. Das Wasser war angenehm frisch und ich genoss die Abkühlung. Marc und Rainer sprangen an die Seite, als ich mich schüttelte. „Siley!", schimpften sie lachend. Silke warf noch einige Male den Stoffknochen ins Wasser und ich gab mein Bestes, ihn wieder zurückzubringen, Schwimmen ist nicht meine Stärke, obwohl ich ein Labrador bin. „Das hast du toll gemacht." Silke war sichtlich stolz auf mich. Schließlich gingen die Menschen ins Wasser und schwammen mal vorwärts und mal rückwärts. „Herrlich...", Silke liebt Wasser und sie fühlte sich im dort wohl. Vom Strand aus behielt ich sie im Auge, ließ mich aber nicht noch einmal ins Wasser locken. Ich bellte aufgeregt, da mir das nicht geheuer war, wenn nur der Kopf von Silke auf dem Wasser ragte, sie lachte jedoch nur und blieb noch ein paar Runden im Wasser.

Rainer kam als erster wieder heraus und ich hörte auf zu bellen. Er trocknete sich ab und legte sich auf ein großes Handtuch, von wo aus er Marc und Silke beim Schwimmen zusah. Ich hatte mich neben ihn gelegte und wartete darauf, dass Silke endlich auch wieder an Land käme, als ich rechts von Rainer und mir ein Geräusch hörte. Ich wandte meinen

Blick dorthin und sah jemanden in einer Sweatjacke stehen, der uns zu beobachten schien. Mein Knurren erschreckte Rainer und er setzte sich auf. Ich hatte mich hingestellt und starrte den Mann an, der halb verdeckt im Gebüsch stand. „Siley, aus. Das ist nur ein Spaziergänger." Rainer legte mir die Hand auf den Rücken. Der fremde Mann kam aus dem Gebüsch heraus und ging auf dem Trampelpfad weiter, er kam in unsere Richtung. Wieder knurrte ich und Rainer sah zu Silke, da er nicht wusste, was er tun sollte. Sie bemerkte jedoch nichts davon, da sie mit Marc im Wasser rumalberte. Der Mann ging an uns vorbei, wandte den Blick jedoch ab und sein Cap hatte er tief ins Gesicht gezogen, ich konnte ihn nicht erkennen. Sein Geruch wehte zu mir herüber und ich wusste gleich, dass ich diesen schon einmal wahrgenommen hatte, doch konnte ich mich nicht erinnern, wo das gewesen war. Rainer drehte sich mit mir um und verfolgte den Mann mit den Augen, bis er auf dem Parkplatz, leicht das rechte Bein nachziehend, verschwand. „Siehst du, nur ein Spaziergänger." Ich sah Rainer an und wunderte mich wieder einmal, dass Menschen so wenig Gerüche wahrnehmen können. Mit diesem Mann hatte doch eindeutig etwas nicht gestimmt.

Silke kam mit nassem Haar aus dem Wasser und rubbelte sich trocken. „Was war denn los?", fragte sie. „Siley hatte einen Spaziergänger im Visier, der aber über den Parkplatz davongegangen ist." Silke sah zum Parkplatz und dann zu mir. In ihren Augen las ich, dass sie mir glaubte, dass ich nicht grundlos geknurrt hatte. Sie streichelte mich und gab mir ein Stück Apfel. Wir blieben noch bis zum Abend am See und Silke ging noch mehrmals hinein. Ich hielt mich bei den Männern auf und holte Stöcker aus den Büschen, die sie mir dann warfen und ich zurückbrachte. „Ich hätte wohl Hunger.", bemerkte Silke und gab das Zeichen zum Aufbruch.

Christians Wagen stand vor dem Tor, als wir in unsere Straße einbogen. Der Anwalt lehnte an seinem Wagen und rauchte eine Zigarette. Als er uns erkannte, kam er unserem Wagen entgegen und winkte. Rainer sprang aus dem Auto, öffnete das Tor und Silke fuhr unter die Remise. Wir begrüßten Christian und er begann auf dem Weg ins Haus schon mit seinem Bericht. „Dein Chef", er blickte Marc an, „Er hat mir gesagt, dass er selbst am Tatort gewesen sei, nachdem die Nachricht von dem Angriff auf dich im Präsidium eingegangen war. Den Schläger hatte er gesehen und auch aufgehoben, aber seiner Meinung nach war dieser nicht relevant und somit habe er ihn achtlos wieder ins Heu geworfen." Christian ließ seine Worte sacken. Marc sah aus dem Fenster und schwieg, er hatte die Lippen zusammengekniffen. Rainer legte ihm die Hand auf die Schulter und sah den Anwalt an. „Das kommt mir seltsam vor.", Silke sah in die Runde, „Marc, der Mann ist Polizist, da würde er doch den Schläger nicht liegenlassen, wenn er damit den Täter, der dich ins Krankenhaus geschlagen hat, fassen könnte." Marc sah sie an. „Er will mich loswerden." „Ich bin dabei, eine Klageschrift aufzusetzen, damit du wieder in den Dienst kommst. Aber halte dich bitte momentan etwas zurück und lass mich meine Arbeit machen." Der Anwalt bat Marc inständig. „Es fällt mir schwer, aber du hast recht." Rainer sah Silke an und gab ihr ein Zeichen und die beiden zogen sich in die Tenne zurück. Ich blieb bei Marc und Christian und hörte den beiden zu. „Ich bin sicher, dass wir deine Suspendierung rückgängig machen können, ohne, dass ein Eintrag in deiner Akte verbleibt." Mit der Nase stupste ich Marcs Hand an, die herunterhing. „Danke, Siley, dass du mich trösten möchtest." Er streichelte mir den Kopf und ich überließ die beiden sich selbst.

Silke sprach leise mit Rainer, ich hörte sie auf der Tenne. „Das können die doch unmöglich glauben, was der Müller sagt." „Der Mann ist Polizist, natürlich glaube ich das nicht. Oder aber, er will Marc wirklich loswerden." „Da haben wir nun also noch einen Fall an der Backe?" Silke sah Rainer eindringlich an. „Wir können Marc nicht hängen lassen, aber er kann selbst nicht aktiv werden." „Das stimmt. Christian geht den offiziellen Weg, aber wir können uns umhören." Rainer lächelte und strich Silke eine Haarsträhne aus dem Gesicht. „Rainer?", sie sah ihn mit ihren dunklen Augen an. „Was denn?" „Ich habe große Angst um Siley und die Schafe. Diese Drohung mit dem Huhn...", ihre Augen füllten sich mit Tränen. Rainer nahm Silke in die Arme, dann sah er ihr in die Augen. „Mich beschäftigt das auch, glaube mir." Silke lehnte ihren Kopf an seine Schulter. „Ich tue so, als ob ich cool damit umgehe, aber das Gegenteil ist der Fall." „Das weiß ich." Er winkte mich zu sich heran und ich lehnte mich mit meinem ganzen Gewicht an Silke. „Mein Schatz... mein kleiner Engel..." Ihre Augen blickten mich voller Liebe an. „Ich passe auf euch beide auf." Rainer küsste Silke aufs Haar und strich mir über den Rücken, „Du bekommst keinen Kuss von mir. Das ist Frauchens Aufgabe." Er lachte und Silke stimmte in sein Lachen ein. „Danke." Sie nahm seine Hand und die beiden betraten wieder die Küche, wo Christian und Marc schon auf sie warteten. „Wir wären für Döner. Und

Ihr?" Der Anwalt zwinkerte Rainer zu. „Unbedingt", mein Magen hängt mir schon bis zu den Knien. „Für Siley kannst du etwas Hähnchendönerfleisch ohne alles bestellen." Ich sah Silke glücklich an und bellte zustimmend. In dieser Nacht musste ich in meinem Kuschelbett neben Silkes Bett schlafen, da Rainer meinen Platz im Bett eingenommen hatte. Ich mochte Rainer durchaus, aber mir missfiel, wenn er, was zwar nur selten vorkam, bei Silke schlief.

10

Mit Sonnenaufgang begab sich Silke nach draußen in den Hof. Ich folgte ihr und genoss die Zeit mit ihr allein. „Das sind dir auch zu viele Leute bei uns, oder?" Sie sah mich an und umarmte mich. „Sobald Marc wieder fit ist, wird er in seine Wohnung zurückgehen." Ich drückte meinen Kopf fest an Silke und sog ihren Duft in mich auf, der voller Liebe zu mir war. Sie erhob sich und gab mir ein Zeichen, dass wir den Hof ablaufen wollten, um zu sehen, ob alles in Ordnung war. Ich patrouillierte die Straßenseite entlang, konnte jedoch keine Auffälligkeiten entdecken und rannte dann Silke hinterher, die über den Zaun zur Moorkoppel geklettert war, um bei den Schafen nach dem Rechten zu sehen. Einen kurzen Moment stockte ich, denn es war kein Schaf zu erblicken. Silke war schon die Hälfte der Weide hochgelaufen, als Lissys Kopf aus dem Unterstand hervorkam. Sie blökte leise und marschierte uns entgegen. In einem Eimer hatte Silke Kraftfutter bei sich und sie reichte Lissy eine Handvoll davon. Die anderen sechs Auen hatten uns gehört und lugten ebenfalls aus dem Unterstand. „Guten Morgen die Damen. Habt Ihr gut geschlafen?" Silke ging zu ihnen in den Holzverschlag und überprüfte kurz, ob alle Schafe wohlauf waren. „Nachher kommt Ihr wieder auf die Südkoppel." Die Schafe legten die Köpfe schief und blökten leise.

Der Kaffee stand bereits auf dem Tisch und auch in meinem Napf befand sich schon etwas Lachs mit Frischkäse, den ich, wie es sich für einen Labrador gehört, gierig verschlang, um dann am Tisch vorbeizuschlendern, ob noch etwas für mich abfallen würde. „Leg dich ab, Siley, du hattest genug." Unlustig tat ich, wie Silke mir geheißen hatte und folgte mit den Augen jeder Bewegung am Tisch, falls doch einer seine Meinung ändern und mir einen Happen zureichen würde. Marc sah an diesem Morgen besser erholt aus und er fand zu seiner alten Energie zurück. „Christian will heute den Ermittlungsbericht von meinen Kollegen anfordern. Ich soll die Füße stillhalten..." Er sah Silke an, die breit grinste. „Schon verstanden!", sie machte eine Handbewegung wie beim Militär, „Rainer und ich werden nochmal zum Hof vom alten Dierks fahren und lassen Siley die hinteren Ecken abschnüffeln. Wer weiß, vielleicht finden wir noch mehr." „Ich halte hier die Stellung und werde auf die Tiere achtgeben." Marc hob seinen Krückstock, an dem er noch immer lief und hielt diesen drohend in die Luft. „Wehe dem, der hier einzudringen wagt." Rainer lachte, „Genau! Dem humpelst du dann hinterher." Sie lachten alle und nachdem sie fertig waren, hielt Silke ein Stück Brot mit Leberwurst in meine Richtung. „Du weißt doch, dass du immer etwas abbekommst." Ich hievte mich aus meinem Bettchen und holte es mir mit sanften Lippen von ihr ab.

Wieder einmal steuerten wir den Hof von Hermann Dierks an. „Ich fühle mich hier schon fast heimisch.", meinte Silke zu Rainer gewandt. „Das ist auch eine schöne Hofanlage." „Meine Vorfahren aus Ostfriesland wohnten fast genauso. Damals wurde der Wunsch nach einem Hof mit Schafen geweckt. Gegen seine Gene kann man nun mal nichts machen." „Das sieht auch ohne landwirtschaftlichen Betrieb noch immer toll aus hier." „Ja, Hermann hat das immer in Schuss gehalten und sein Bauerngarten ist ein Traum. Wann immer man hier vorbeigekommen ist, er stand in seinem Garten und hat hier und dort gewerkelt. Trotz seines hohen Alters und seiner Gehbehinderung." Silke schaute sich um und zupfte aus einem der Beete, die mit einem Staketenzaun vor Rehen geschützt waren, etwas Unkraut heraus. Rainer zog sie am Arm, „Lass uns reingehen." Dabei blickte er sich um, es war ihm sichtlich ungeheuer, dass Silke so offen auf dem Hof stehengeblieben war, wo jeder sie sehen konnte. „Dir ist klar, dass wir Hausfriedensbruch begehen, oder?" Silke sah ihn und zog die Augenbrauen hoch. „Das machen wir nun schon zum wiederholten Male."

Ich stand bereits vor dem Scheunentor und wartete, dass Silke es öffnete. Dann preschte ich vor und lief ohne Umwege in den rechten Teil der Scheune. Am Boden waren frische Spuren zu riechen, denen ich mit der Nase folgte. Sie führte mich bis zu der Leiter, die auf den Heuboden ragte. Ich bellte laut, um Silke und Rainer zur Eile zu bewegen. „Siley, aus!", ermahnte mich Silke zur Ruhe. Sie blickte hinauf und erklomm dann die Leiter nach oben. „Hier ist nichts!", rief sie herunter, nachdem sie hin und her gelaufen war. „Die Hanfpflanzen sind alle vertrocknet. Puh, das riecht streng. Wie kann man sowas nur rauchen?" Silke schüttelte sich bei dem Gedanken und kam zur Leiter zurück, um diese wieder hinabzusteigen. Rainer hielt sie von unten fest, damit sie nicht wegrutschte und Silke hatte gerade den ersten Fuß auf der Leiter, als schräg hinter Rainer und mir jemand aus dem Heu sprang. Ich reagierte als erster und machte einen großen Satz auf die Person zu. „HAU AB, DRECKSKÖTER!", brüllte mich eine männliche Stimme an und die Person versuchte, nach mir zu schlagen. Ich war unter seinem Schlag durchgelaufen und packte ihn nun von hinten am Hosenbein. Er schüttelte das

Bein, doch meine Zähne hatten sich fest in den Stoff gebohrt und ich ließ nicht ab. Rainer hatte die Leiter losgelassen und stürzte sich nun ebenfalls auf den Mann. Von oben hörte ich Silke rufen, „HALTET IHN FEST!" Ich zerrte mit aller Kraft an dem Hosenbein und als Rainer sich auf ihn warf, fiel der Mann der Länge nach auf den Boden. Silke war die Leiter im Eiltempo nach unten gestiegen und brachte ein paar alte Seile an. Der Mann, der vor uns am Boden lag, wehrte sich nicht länger. Ich stand nun dicht an seinem Kopf und knurrte böse, dabei fletschte ich immer wieder die Zähne. „Dich kenne ich doch." Rainer hatte dem Mann sein Cap abgenommen. „Du warst gestern am Strand und hast und beobachtet." Ich bellte in Rainers Richtung. „Oh man, Siley, du hattest gestern doch recht."

„Was wollt ihr von mir?" Der Mann am Boden starrte uns feindselig an, wagte sich jedoch nicht, sich aufzusetzen, da ich in mit starrem Blick fixierte. „Die Frage ist doch eher, was willst du von uns? Warum hast du uns gestern beobachtet?" Silke sah ihn drohend an. Das Martinshorn war weit vorher zu hören und der Mann sackte in sich zusammen. „Ich habe nur sehen wollen, ob ihr mein Hanf an euch genommen habt." Silke sah Rainer an, der den Kopf fassungslos schüttelte. „Dein Hanf ist mir dermaßen egal. Wir wollen mit Drogen nichts, aber auch gar nichts zu tun haben." Silke blickte nach oben auf den Heuboden. „Dein Hanf ist oben vertrocknet.", raunte sie dem Mann gehässig zu. „Ich hatte aber schon einen Teil geerntet. Das ist alles weg jetzt." Der Mann schien den Ernst der Lage noch nicht begriffen zu haben. „Für Haschisch hast Du einen alten Mann ermordet!", in Silkes Stimme klang Wut mit. „Mit dem Mord habe ich nichts zu tun.", beteuerte der Mann. „Das sollen wir glauben?" „Ich habe damit wirklich nichts zu tun. Die Scheune war ideal für mich, weil der alte fußlahme Bauer nicht mehr auf den Heuboden konnte. Er hat davon überhaupt nichts mitbekommen. Seit über einem Jahr baue ich da oben schon Hanf an. Erst, als Ihr hier mitten in der Nacht aufgetaucht seid, bin ich aufgeflogen. Ständig taucht Ihr hier auf, ich hatte keine Möglichkeit mehr, den Kram abzubauen. Und dann dein dämlicher Hund, der mich ins Bein gebissen hat in der Nacht." Der Mann geriet in Rage und redete wie ein Wasserfall. Um euch von hier fernzuhalten, habe ich ein Huhn aufgespießt und euch in den Hof geworfen. Trotzdem seid Ihr wieder hier aufgetaucht." „Und als Rache hast Du dann unseren Freund dermaßen zusammengeschlagen, dass er mit schweren Kopfverletzungen ins Krankenhaus musste?" Der Mann sah

Silke verständnislos an. „Ich habe niemanden angegriffen." Silke machte eine abwertende Handbewegung, drehte sich um und ging den Streifenbeamten entgegen. „Wir mal wieder..." Die Beamten sahen sich an. „Und was haben Sie dieses Mal?", sie grinsten dabei hämisch. „Nichts weiter. Wir haben nur einen Hanfplantagenbesitzer dingfest gemacht. Danken kann die Polizei uns später." Einer der Polizisten trat näher heran. „Frau Lüttmann, das war nicht so gemeint.", beschwichtige er. „Ist gut.", winkte Silke ab und zeigte in die Scheune. „Der Mann liegt hinten rechts in der Scheune, mein Freund und mein Hund bewachen ihn." Der zweite Polizist betrat die Scheune und ging in angezeigter Richtung. „Moin. Wir würden gerne ihre Papiere sehen." Der Mann am Boden hatte sich nun aufgesetzt und beteuerte immer wieder, mit dem Mord an Hermann Dierks nichts zu tun zu haben. „Das werden die Kollegen auf dem Präsidium erörtern. Sie sind festgenommen." Ich hatte mich neben Silke gestellt und spürte, wie Silke sich langsam wieder abregte. Rainer war deutlich anzusehen, dass er erleichtert war. Silke hatte sich bei ihm untergehakt. „Komm, wir fahren nach Hause." Rainer sah verstört drein. „Ich brauche nun dringend einen Tee."

Marc wartete bereits am offenen Einfahrtstor auf uns, Rainer hatte ihn während der Rückfahrt angerufen und ihm kurz erzählt, was passiert war. „Teewasser kocht. Nun erzählt in Ruhe, was Ihr gerade erlebt habt.", drängelte der Kommissar ungeduldig. Wir saßen auf der Hofterrasse, die noch im Schatten lag. Silke und Rainer brachten Marc auf den neuesten Stand und lehnten sich zurück. „Ich denke, dass einer der beiden dich angegriffen hat.", meinte Rainer. „Er hat schon sehr seine Unschuld beteuert. Und er behauptet felsenfest, dass er keinen Komplizen hat." Silke sah Marc an, der die Arme auf den Tisch gestützt hatte. „Wenn ich an seiner Stelle wäre, ich hätte meinen Komplizen genannt, nur um schon meinen Kopf etwas aus der Schlinge zu ziehen." „Vielleicht kann Christian später mal auf der Wache anrufen und in Erfahrung bringen, was deine Kollegen aus dem Mann herausbekommen konnten." Silke stand auf, „Ich muss noch was tun. Der Hühnerstall ist überfällig.", sie rümpfte die Nase.

Silke war gerade in Arbeitssachen im Hühnerstall verschwunden, als Marc Handy klingelte. „Moin Olaf." Ein Kollege von Marc war am Telefon, auf dessen Sätze Marc immer nur „Aha.", „Ist nicht wahr." und „Hmm.", antwortete. „Halt mich bitte auf dem

Laufenden.", Marc drückte auf den roten Knopf und legte auf. „Das war Olaf, ein Kollege, mit dem ich eng zusammenarbeite. Unser Chef will den Mann aus der Scheune wieder auf freien Fuß setzen. Er meint, dieser sei nur ein kleines Licht und wäre nicht von Bedeutung für den Fall." Rainer rief Silke aus dem Hühnerstall zurück. Sie wischte sich die Hände in einem Lappen ab und sah ihn und Marc fragend an. „Das musst du dir anhören. Marc wiederholte, was er gerade gehört hatte, und fuhr dann fort. „Die Fingerabdrücke von dem Dealer waren nicht auf dem Schläger. Er wird nun vorerst observiert, ob noch Hintermänner im Spiel sind. Aber mein Chef geht davon aus, dass er ein Einzeltäter ist und daher sieht er von einer Anklage ab." Silke hatte die Augen aufgerissen. „Was ist denn mit deinem Chef los?" Sie war entrüstet. „Olaf will mich auf dem Laufenden halten. Er und meine anderen Kollegen verstehen die Handlungsweise unseres Chefs auch nicht, nur müssen sie sich an seine Anweisungen halten. Mein Chef hat ihnen untersagt, mit mir Kontakt aufzunehmen, doch daran werden sie sich nicht halten. Das Revier steht hinter mir." Bei seinem letzten Satz leuchteten seine Augen.

Nachdem Silke den Hühnerstall gereinigt hatte, duschte sie und schnitt

Wassermelone klein. Ich bekam ein ganzes Viertel ab und verzog mich damit in den Schatten. Silke blickte immer wieder zu mir und ich hörte, wie sie sagte, „Siley hatte von Anfang den richtigen Riecher. Er hat uns immer wieder angezeigt, dass er anderer Meinung ist. Wir sollten das nicht auf sich beruhen lassen." „Die Bedrohung für Siley und deine Tiere scheint ja nun aus der Welt zu sein. Ich denke nicht, dass der Hanfmensch sich noch einmal in die Nähe des Hofes trauen wird." „Er selbst vielleicht nicht. Nur können wir nicht sicher sein, ob er nicht doch einen Komplizen hat, der aus Wut über die entgangene Ernte Rache üben will." Marc sprach den Satz langsam zu Ende und sah Silke an, die erschrocken zu mir schaute. „Olaf sagte aber, dass er und die Kollegen in ihrer Freizeit unauffällig deinen Hof im Auge behalten wollen." Silke war erleichtert und auch Rainer sah nicht mehr so besorgt aus wie zuvor.

11

Am Abend schaute Silke immer wieder aus dem Küchenfenster zur Straße, doch es war niemand zu sehen. „Die Kollegen sagten UNAUFFÄLLIG", lachte Marc. Ich hatte mich auf das Sofa gelegt und wurde von Silke an die Seite geschoben. „Mach dich nicht so breit, wir wollen hier auch sitzen." Sie schaltete den Fernseher ein und alle schauten uninteressiert eine Sendung über Flugzeuge. „Ich gehe ins Bett.", Silke stand auf und verschwand im Bad. Die Männer blieben noch sitzen und sahen in den Fernseher. „Gute Nacht, Jungs.", Silke winkte mich zu sich und ich sprang erfreut in ihr Bett. „Schlaf schön, meine Supernase.", sie gab mir einen Kuss auf die Nase und hielt mich im Arm. Die letzten Tage waren nicht spurlos an mir vorbeigegangen und ich war selig, bei Silke zu liegen. Ich sah sie an und blinzelte müde. „Ich passe auf dich auf. Schlaf nun."

Wir schliefen die Nacht eng aneinander gekuschelt bis zum frühen Morgen durch. Silke streckte sich und kitzelte mir den Bauch. Ich sprang auf und schüttelte mich, dass meine Ohren Silke ins Gesicht schlugen. Sie lachte laut auf und stand auf. „Lass uns mal schauen, ob einer der Männer schon wach ist und Kaffee gekocht hat." Sie lief barfuß in die Küche. „Guten Morgen die Herrschaften." Marc stand an der Küchenzeile und füllte Kaffee in die Maschine. „Kaffee ist in Arbeit." Silke gähnte und sah aus dem Fenster. „Unauffällig...", Marc sah ebenfalls aus dem Fenster und grinste. „Du bist doof", lachte Silke und gab ihm einen Hieb auf den Oberarm, den er zurückgab. „Schlägst du etwa meine Silke?" Mit hocherhobenem Zeigefinger kam Rainer auf Marc zu. „Sie hat angefangen.", verteidigte sich Marc. Silke setzte einen Unschuldsblick auf und alle fingen an, zu lachen. Ich sprang um sie herum und bellte vor ausgelassener Stimmung.

Ein Piepen von Marcs Handy unterbrach den Spaß. Silke und Rainer alberten noch etwas herum, während Marc die eingegangene Nachricht las. „Mein Chef taucht hier gleich auf." Rainer sah ihn an, „Hat er dir gerade geschrieben?" „Nein, die UNAUFFÄLLIGEN Kollegen.", er sah Silke zwinkernd an, „Sie haben gesehen, wie er die Straße eingebogen ist." Silke schaute wieder aus dem Fenster und sah einen Kombi vor dem Tor halten. „Er scheint schon da zu sein." Sie wollte gerade loslaufen, als Marc sie stoppte. „Lass mich öffnen, damit rechnet er nicht." Er wartete das Klingeln ab und ging dann los. Inzwischen humpelte er nicht mehr und auf dem Weg zum Tor, entfernte er das Pflaster an seinem Kopf. Sein Chef stand am Tor und sah sich zu beiden Seiten um. „Moin." Der Mann drehte sich nach vorne und zuckte etwas zusammen, als er Marc sah. „Moin. Zu Ihnen wollte ich. Mir scheint, es geht Ihnen besser." Marc ließ seinen Chef eintreten und beförderte ihn an den Gartentisch. „Ich habe Sie bereits erwartet.", erwiderte er. Der Polizeichef sah ihn irritiert an. „Ach ja?" „Ja." Marc war sehr reserviert seinem Chef gegenüber. Silke hatte sich in die Tennentür gestellt. „Moin. Ich will gar nicht stören. Möchten Sie einen Kaffee?" Jürgen Müller sah sie an und verneinte, „Danke, ich hatte gerade erst Kaffee." Er starrte sie weiter an und Silke hielt seinem Blick stand. Erst, als er seinen Blick wieder Marc zuwandte, zog Silke sich zurück, ohne jedoch vorher mich nach draußen zu schicken. „Setz dich irgendwohin und lausche ein wenig." Nichts tat ich lieber als das und legte mich unter die Hecke rechts von der Tennentür. „Herr Müller, was ist der Grund für Ihren Besuch bei mir?" „Ich wollte Ihnen gerne erklären, warum ich so handeln musste. Sie sind doch eng mit Frau Lüttmann befreundet und es wirft ein schlechtes Licht auf die Truppe, wenn einer von uns mit Leuten verkehrt, die alle naselang Tote finden und den Fall vor der Polizei aufklären." Marc sah ihn nur an und sagte nichts. Jürgen Müller fuhr fort, „Ich hatte dann mit dem Gedanken gespielt, die

Suspendierung zurückzunehmen, als Sie auf eigene Faust ermittelt haben und dabei angegriffen wurden. Dies hat mir keine Wahl gelassen, die Suspendierung aufrecht zu erhalten. Dies habe ich auch Ihrem Anwalt erklärt." Er wartete auf eine Reaktion von Marc, doch dieser schwieg weiter, sah ihn nur an. „Bei dem Schläger ist mir wohl ein Fehler unterlaufen, ich hätte ihm mehr Beachtung schenken müssen, aber letztendlich ist ja nichts dabei herausgekommen. Verstehen Sie mich nicht falsch. Es tut mir leid, dass sie körperlich angegriffen wurden. Der Kleindealer wurde wieder auf freien Fuß gesetzt, er hat mit dem Mord nichts zu tun und daher habe ich diesen Fall an die Kollegen vom Drogendezernat abgegeben." Er blickte an Marc vorbei. „Wir hatten anfangs die Tochter des Toten in Verdacht, aber Sandra... Frau Martens konnte ich nun auch ausschließen. Sie erbt zwar alles, aber davon wusste sie nichts. Ich habe die Vernehmungen selbst durchgeführt." Marc hatte mich kurz angesehen und auch ich hatte gespürt, dass sein Chef nervös geworden war. „Herr Rohloff, ich muss nun los, die Arbeit ruft. Erholen Sie sich noch gut, dann unterhalten wir uns noch einmal." Er reichte Marc die Hand, doch dieser ignorierte sie und ging ihm voran zum Tor. „Ich melde mich, wenn ich wieder gesundgeschrieben bin." Sein Chef sah zu ihm zurück, doch Marc hatte das Tor bereits geschlossen und ging zum Haus zurück, wobei er darauf achtete, nicht zu humpeln. Ich war zum Tor gelaufen und vergewisserte mich, dass der Polizeichef wegfuhr.

Als Marc und ich wieder am Haus waren, standen Silke und Rainer schon draußen. „Wir haben gelauscht.", platzte Silke heraus und fing sich einen freundschaftlichen Boxer auf die Schulter von Rainer ein. „Ich habe sie nicht davon abhalten können.", redete er sich heraus. „Und für den Fall, dass Silke nur die Hälfte mitbekommt, hast du ganz selbstlos mitgehört." Marc schüttelte mit gespielter Entrüstung den Kopf. „Setzt euch.", er winkte die beiden an den Tisch, „Was haltet Ihr davon?" Bevor Silke antworten konnte, sprach Rainer, „Er kennt die Tochter von Hermann Dierks näher, wie mir scheint." Silke führte seinen Gedankengang fort, „Er hat sich verplappert. Sandra sagte er und korrigierte sich dann." Ich gab einen knatschendes Geräusch von mir. „Siley hat ihn auch komisch angesehen." Ich bestätigte dies, indem ich bellte. „Gut, dann sind wir uns also alle einig. Wir haben einen neuen Ermittlungsansatz." Alle nickten. „Ich würde wohl zu Sandra Martens fahren und nochmal mit ihr ins Gespräch gehen.", bot Rainer an, „Silke kennt sie ja schon, mich aber noch nicht." „Topp!", befanden Silke und Marc. Rainer ging ins Haus und zog sich an. „Dann mache ich mich gleich auf den Weg." Er wandte sich an Silke, „Bevor du vor lauter Neugier platzt." „Du willst ja nur die hübsche und adrette Frau Martens in Natura sehen.", frotzelte Silke. „Nur deswegen mache ich das.", Rainer verdrehte die Augen und zwinkerte Marc zu. „Ihr beiden, Ihr macht mich wahnsinnig.", lachte er. „Nimm Siley doch mit. Er könnte sich am Haus verstecken und beobachten." Rainer sah mich an. „Aber wie erkläre ich ihm das denn? Du bist nicht dabei." „Die Idee mit Siley finde ich gut. Wenn Silke sonst mitführe, dann könnte sie sich mit Siley zusammen verstecken.", überlegte Marc laut. „Ich ziehe Siley das Geschirr an, wir sind gleich soweit."

Kurz bevor wir am Haus von Sandra Marten angelangten, hielt Rainer an und ließ Silke und mich aus dem Wagen steigen. Er fuhr auf den Parkstreifen vor ihrem Haus, stieg aus und vergewisserte sich, dass Silke und ich uns durch die Hecke von Frau Martens Garten gezwängt hatten, dann ging er zur Haustür und läutete. Silke und ich hatten uns an der Hauswand entlang zur Terrasse vorgearbeitet. Wir hatten Glück, die Terassentür stand offen. „Guten Tag Frau Marten. Bitte entschuldigen Sie die Störung. Mein Name ist Rainer Kaiser und ich bin der

Steuerberater von ihrem verstorbenen Vater gewesen." „Guten Tag. Was kann ich denn für sie tun?" Ihre Stimme klang äußerst liebenswürdig. „Möchten Sie hereinkommen?" „Gerne, wenn es keine Umstände macht. Ich hätte einige Fragen zum Nachlass Ihres Vaters, da das Finanzamt rückwirkend einige Angaben benötigt." „Ach je, ich bin, was den Nachlass meines Vaters anbelangt noch gar nicht so weit im Thema." Die beiden waren nun im Wohnzimmer und wir konnten sie von unserem Platz aus gut sehen, ohne, dass sie uns bemerkten. „Es geht um das Anlagevermögen Ihres Vaters. Anscheinend wurden die Zinserträge nicht alle versteuert." Rainer sah Frau Marten lächelnd an und sie erwiderte sein Lächeln kokett. Silke zischte mir zu, „Rainer flirtet doch wohl nun nicht ernsthaft mit ihr, oder?" Ich leckte Silkes Hand, um sie zu beruhigen. „Ich wusste nicht, dass mein Vater Anlagevermögen besaß. Mir ist nur bekannt, dass er Land hat." Sie schlug aufreizend die Beine übereinander. „r Vater hat schon länger keine Unterlagen mehr eingereicht, es kann sein, dass er das Vermögen auch bereits abgerufen hat." „Darüber ist mir nichts bekannt." Sandra Marten schürzte die Lippen und Silke ballte die Hände zur Fäusten. Ich schob sie ein wenig zurück, da ich an Rainers Gesicht erkannte, dass er keinerlei Interesse an

Frau Martens hatte. „Da kann man nichts machen. Ich werde das dem Finanzamt so mitteilen." „Dann muss ich nun nichts weiter unternehmen?", fragte Frau Marten. „Nein, ich kümmere mich darum. Das ist das Mindeste, das ich für Sie tun kann. Der Verlust Ihres Vaters muss schmerzhaft für Sie sein." Rainer setzte einen mitleidigen Blick auf. „Ich kannte ihn erst seit einigen Monaten. Eine lange Geschichte..." „Das tut mir leid. Ich kenne den Hof Ihres Vaters. Werden Sie dort nun einziehen?" Rainer beugte sich etwas zu Sandra Marten vor. „Nein, nein. Das Landleben ist nichts für mich. Ich werde den Hof und das Land drumherum verkaufen. Einen Käufer habe ich bereits." Rainer nickte verständnisvoll. „Wurde der Mörder schon gefasst?" „Nein. Mir wurde gesagt, dass man diesen wohl auch nicht mehr ermitteln kann.", während sie sprach blickte sie auf den Tisch. „Ich bin mit einem Anwalt befreundet, der könnte mit dem Polizeichef, ich glaube, er heißt Jürgen Müller, Kontakt aufnehmen. Es muss für Sie doch eine quälende Frage sein, warum Ihr Vater ermordet wurde und von wem." Frau Marten sah kurz auf. „Bemühen Sie sich nicht. Ich habe gestern mit einem Polizisten gesprochen, der mir mitgeteilt hat, dass man die Ermittlungen bald einstellen und den Fall zu den Akten legen würde." Sie schaute auf ihre manikürten und lackierten Fingernägel. „Das ist keine Mühe für mich, das mache ich gern für Sie. Wie hieß denn der Polizist?" Sandra Marten sah wieder zu Rainer, „Das weiß ich nicht mehr.", gab sie zurück. Dann stand sie auf. „Leider habe ich gleich einen Termin." Rainer erhob sich und reichte ihr die Hand. „Danke, dass sie sich die Zeit für mich genommen haben. Ich kümmere mich um das Finanzamt. Alles Gute wünsche ich Ihnen." Mit diesen Worten ging er aus dem Wohnzimmer in Richtung Haustür. Silke und ich schlichen schleunigst durch die Hecke zurück zur Straße und warteten an einer anderen Parkbucht darauf, dass Rainer und wieder mitnahm.

„Wie war ich?" Rainer machte eine theatralische Geste. „Wäre Siley nicht gewesen, wäre ich auf dein Flirten reingefallen." Silke war noch böse mit Rainer. „Silke...", er nahm ihre Hand, „Sandra Marten mag auf den ersten Blick ein Hingucker sein, aber ganz ehrlich?", er machte eine kurze Pause, „Gegen Dich hätte sie keine Chance. Und das ist nicht so dahergesagt." Silke schaute verlegen aus dem Beifahrerfenster. Ich saß auf dem Rücksitz und legte meinen Kopf auf ihre Schulter. „Das meine ich ernst. Du brauchst kein Make-up und keine künstlichen Nägel, du siehst gut aus, wie du bist." „Reicht nun." Silke sah

Rainer an, „Sandra Marten hat auf jeden Fall gelogen. Siley hat mehrfach mit leisem Knurren reagiert.", wechselte sie das Thema. „Marcs Chef hat doch eindeutig gesagt, dass er die Vernehmungen mit ihr geführt hatte. Sie tut jedoch so, als ob sie keinem Polizisten je begegnet wäre. Außerdem habe ich meine Zweifel bezüglich Hermann... Ich schreibe Christian gleich mal eine Nachricht, ob er da etwas überprüfen kann. Siley hat mich darauf gebracht, denn immer, wenn Frau Marten Vater gesagt hat, hat er minimal geknurrt. Das war auch bei meinem Besuch schon so, ich hatte dem nur leider nicht die nötige Bedeutung beigemessen."

Marc klatschte in die Hände, als Rainer mit seinem Bericht von dem Besuch bei Frau Marten fertig war. „Wusste ich es doch!", rief er aus. Silke erzählte ihm, dass ich mit Knurren reagiert hatte. „ich weiß noch nicht was, aber da stinkt etwas oberfaul." Die drei stellten noch ein paar Vermutungen an, doch dann wurden sie von einem Nachbarn von Silke gestört, der ihre Hilfe brauchte. Er hatte sich mit seinem Wagen festgefahren und bat Silke, ihn mit ihrem Schlepper rauszuziehen. Marc bat darum, mitkommen zu dürfen, um den Kopf freizubekommen und Silke gewährte ihm den Wunsch. Ich blieb mit Rainer auf dem Hof und erfreute mich an einem Kauknochen, bis Silke und Marc fröhlich gelaunt von ihrem Hilfseinsatz wieder zurückkehrten.

Rainer stand in der Küche und bereitete Salate vor. „Den Nachbarn wieder flottbekommen?" „Ja klar. Marc hat den alten Mc Cormick gefahren." Rainer drehte sich um und sah Marc breit grinsend in der Küche stehen. „Das war super.", sagte er begeistert, „Ich hatte immer schon mal mit einem Trecker fahren wollen." Silke stibitzte sich eine Tomate, „Was gibt es denn heute?" „Ich habe mit Siley abgestimmt und wir haben einstimmig beschlossen, zu grillen." „Ich hole Grillfleisch.", bot Marc an. Silke warf ihm ihren Wagenschlüssel zu und er fuhr los. „Marc ist endlich wieder besser gestellt." Rainer wischte sich die Hände ab. „Ja. Er kämpft für seine Rehabilitierung. Seine Arbeit bedeutet ihm alles, so wie unsere das für uns tut." „Kommt Christian auch zum Grillen?" „Ja, ich habe mir rausgenommen, ihn einzuladen." „Sehr gut." Silke küsste Rainer und kam zu mir, um mit mir zu kuscheln. „Zeit mit dir allein kommt gerade etwas zu kurz, oder?", flüsterte sie mir ins Ohr und ich grunzte vor Freude und Wohlbefinden. „Ihr beiden, zwischen euch geht kein Blatt. Da bin ich fast schon neidisch auf Siley." „Siley ist meine Nummer eins, daran wird sich auch nichts ändern."

Silke grinste Rainer schief an und nahm sich Zeit nur für mich.

12

Christian war nach dem Grillen bei uns geblieben, da er ein paar Bier getrunken hatte. Rainer schlief damit wieder bei Silke im Bett und ich zog den Kürzeren, fand mich aber damit ab. Früh am Morgen stand Rainer als erster auf. Er klopfte auf seine Seite des Bettes, um mir zu signalisieren, dass ich zu Silke hüpfen konnte. Dies ließ ich mir nicht zweimal sagen und nutzte die Gelegenheit, mich an meine Silke anzuschmiegen. Sie drehte sich zu mir und legte den Arm um mich. „Guten Morgen, mein liebster Siley. Schön, dich neben mich liegen zu haben." Durch meinen Körper flogen Schmetterlinge und ich atmete einmal tief durch vor Glück.

In der Küche klapperte Geschirr und Rainer sprach mit Christian. „Ich hoffe, dass Marc bald die Angelegenheit überstanden hat. Gestern Abend war er bestens drauf." „Er ist ein wirklich guter Kriminalist, deswegen tue ich alles in meiner Macht Stehende, ihm zu helfen." Silke und ich standen im Türrahmen und hörten den beiden zu. „Moin. Marc ist durch und durch Polizist, etwas anderes als das kann ich mir für ihn nicht vorstellen." „So denkt Ihr über mich?", Marc stand plötzlich hinter uns. „Japp.", Silke schob ihn in die Küche,

„Und auch, dass du nun ein gutes Frühstück brauchen kannst."

Nach dem Frühstück beeilte Silke sich mit der Hofarbeit, da Christian einen Plan hatte. Er wollte eine Gegenüberstellung veranlassen, wo Marc den Drogendealer identifizieren sollte. Dafür rief er Jürgen Müller an, den Chef von Marc und trotz der Bedenken von Müller, setzte er sich durch. Er wollte mit Marc zur Polizeiwache fahren. Rainer sollte Sandra Marten von zu Hause abholen, mit dem Vorwand, dass er doch noch steuerliche Fragen zum anstehenden Erbe hätte. Silke sollte dann auf der Wache mit Siley auftauchen. „Bist du sicher, dass das alles so klappt, wie du dir das vorstellst?" Silke war aufgeregt und konnte es kaum erwarten, dass es losging. „Sicher bin ich nicht, aber nach allem, was Ihr herausgefunden habt, scheint mir das ein guter Plan zu sein. Außerdem kommen wir sonst nicht weiter. Ein Versuch ist es wert." Wir waren alle bereit und die Nervosität lag deutlich in der Luft.

Christian hatte Jürgen Müller, den Chef von Marc angerufen, dass sie in einer halben Stunde im Präsidium wären, es sollte alles vorbereitet sein, da der Anwalt noch einen weiteren Termin habe. Er fuhr mit Marc als erster vom Hof. Rainer stieg ebenfalls in seinen

Wagen und winkte Silke bei der Abfahrt zu. Ich sah zu Silke hoch und wartete darauf, dass auch wir den Wagen bestiegen. „Lass mich schnell noch nach den Schafen sehen." Sie lief zur Koppel und vergewisserte sich, dass es den Damen gutging. Dann öffnete sie den Kofferraum und ich sprang freudig hinein. „Dann wollen wir mal..." Wir fuhren auf direktem Weg zur Polizeiwache. Christians Wagen stand bereits auf dem Parkplatz. Silke parkte auf dem hintersten Parkplatz und wartete darauf, dass Rainer mit Sandra Marten vorfuhr.

Frau Marten sah entnervt aus, aber Rainer hatte sie untergehakt und ging mit ihr zielstrebig die kleine Treppe zum Haupteingang der Wache hinauf. Er sprach auf sie ein und sie schüttelte immer wieder den Kopf. „Was meinst du? Die Tochter vom Hermann ist nicht begeistert, oder?" Ich sah Silke durch den Rückspiegel an und drehte mich im Kofferraum um die eigene Achse, da ich das Gleiche dachte. Schließlich steigen wir auch aus. Silke nahm mich an die Leine und hielt sie kurz. „Langsam, Siley." Ich zog an der Leine, da ich schnell in das Gebäude kommen wollte. Treppen sind nicht meine Spezialität, daher sprang ich mehrere Stufen auf einmal hinauf.

Im Gebäude sah ich mich um. Wir standen in einem Vorraum, wo Silke sich an einen Glaskasten wandte und mit dem Beamten hinter der Scheibe sprach. „Wir sollen uns hier mit Herrn Rohloff und seinem Anwalt treffen." Der Beamte sah auf mich und lächelte kurz. „Frau Lüttmann, ich weiß Bescheid. Gehen Sie zu der Tür links, ich öffne sie Ihnen." Der Türsummer brummte und wir gingen auf einen Flur. „Kommen Sie, ich bringe sie zu ihnen." Wir folgten ihm und wurden in einen Raum geführt, wo Christian mit Marc und seinem Chef saß. Dieser sprang von seinem Stuhl auf. „Was macht denn der Hund hier?" „Moin.", sagte Silke, „Wir wurden herbestellt." Jürgen Müller sah sich zu Christian um. „Was soll das denn hier werden?" Ich bewegte mich näher zum Polizeichef, der sich dicht an die Wand drängte. „Nehmen Sie den Hund weg." Silke sah erst mich an und dann Herrn Müller, „Siley tut nichts, außer, wenn er Gefahr wittert." Ich stierte Müller an und stellte meine Nackenhaare auf. Gerade, als Silke etwas sagen wollte, ging die Tür auf und ein anderer Beamter brachte den Drogendealer herein. Jürgen Müller sah diesen nur kurz an und vermied es dann, ihn weiter anzusehen. Gleich drauf betraten Rainer und Sandra Marten in den Raum, die zögerte, von Rainer aber in den Raum gezogen wurde. „Herr Kaiser, ich bin damit nicht einverstanden und möchte, dass Sie mich wieder nach Hause fahren." „Setzen Sie sich.", Christian sah in die Runde, „Und zwar alle." Seine Stimme ließ keine Widerworte zu. „Sie werden bemerkt haben, dass diese Zusammenkunft in Zusammenhang mit der Suspendierung meines Mandanten, Marc Rohloff, steht." Herr Müller erhob das Wort. „Ich wüsste nicht, was dieser Mann und diese Frau damit zu haben. Herr Rohloff wurde suspendiert, da er sich einige Fehlverhalten erlaubt hat und mit Externen über interne Ermittlungsarbeiten spricht, schlimmer noch, diese da sogar mit einbeziiht." Er sah Silke feindselig an. Ich hatte neben Silke gesessen und stand nun auf. Herr Müller sah zur Tür. „Machen Sie Ihre Gegenüberstellung, ich werde dabei sicher nicht gebraucht." Er stand auf und ging einige Schritte auf die Tür zu. Ich lief um die andere Seites des Tisches, an dem alle anderen saßen, und stellte mich knurrend vor die Tür. Der Polizeichef blieb wie angewurzelt stehen. „Nehmen Sie ihren Köter zurück.", zischte er Silke zu, ohne den Blick von mir zu wenden. „NEIN! Siley, bleib!" Silke war nun auch aufgestanden und kam an meine Seite. Christian schlug mit der Faust auf den Tisch, dass alle zusammenzuckten. „Herr Müller, setzen Sie sich." Marcs Chef zögerte. „SOFORT.", donnerte Christian. In geduckter drohender

Haltung ging ich auf Jürgen Müller zu und trieb ihn auf diese Weise zurück auf seinen Platz. Sandra Marten versuchte Haltung zu bewahren, während der Drogendealer unruhig aus seinem Stuhl hin und her rutschte.

„Ich höre…", Christian sah abwechselnd von Sandra Marten zu Jürgen Müller. Die beiden sahen sich kurz an und schwiegen. „Wie Sie wissen, haben Frau Lüttmann und ihr Hund trotz der Drohungen, die dieser Mann gegen sie und meine Freunde getätigt haben, weiter ermittelt. Und auch ich war nicht untätig." Der Dealer brach zusammen. „Ich kenne Herrn Müller.", seine Stimme zitterte. „Er hatte mich seinerzeit wegen einer anderen Sache verhaftet und kam dann auf die Idee, dass wir zusammen eine Hanfplantage anpflanzen sollten. Ich sollte das Gras an den Schulen verkaufen und bekam dafür 30 Prozent vom Gewinn. Den Rest hat sich Jürgen eingesteckt. Der Hof und das Ganze hat er auch organisiert." Der Gehilfe von Jürgen Müller sang wie ein Vogel. „Du Idiot!", schnauzte Müller ihn an, „Die hätten uns nichts nachweisen können, die blöffen nur." Er verschränkte die Arme vor der Brust und sah uns frech grinsend an. „Ich streite alles ab." Christian griff in die Innentasche seines Sakkos und warf einen gefalteten Zettel auf den Tisch. „Lesen Sie das.", er schob den Zettel Frau Martens vor die Nase. Sie sah verunsichert auf, nahm den Zettel und las ihn durch. „Lesen Sie ruhig laut vor." „Das brauche ich nicht.", ihre Schultern sackten herab. „Sie sind uns draufgekommen.", sie sah Jürgen Müller an. Er riss den Zettel an sich, las ihn und knüllte ihn dann zusammen. „Siley, der Hund von Frau Lüttmann," Christian zeigte auf mich, „Er ist Ihnen auf die Schliche gekommen, da sein Gespür feiner ist als das von Menschen." Müller und Marten sahen sich wütend an. „Du mit deinen Ideen. Wie konnte ich mich nur auf eine Affäre mit dir einlassen?!", schrie Frau Marten los und wollte Jürgen Müller über den Tisch hinweg schlagen. Ich bellte laut auf und brachte sie zum Schweigen damit. „Hören Sie, es war nicht meine Idee gewesen, dem alten Bauern weiszumachen, ich sei seine Tochter. Jürgen meinte, ich könnte ihn beerben, da er schon über achtzig war und keine Nachkommen hatte. Also habe ich mich darauf eingelassen. Aber von der Hanfplantage habe ich nichts gewusst, das müssen Sie mir glauben." „Ich muss gar nichts glauben.", gab Christian zurück. „Doch, das ist wahr.", mischte sich der Drogendealer ein, „Ich kenne diese Frau überhaupt nicht." Rainer sah Silke und mich an. „Das wissen wir.", Christian verzog keine Miene. „Ich gehe sicher nicht für dich ins Gefängnis.", zeterte Sandra Marten.

„Den Mord hast du begangen, damit ich schnell erbe und wir das Land verkaufen können." Jürgen Müller sah finster drein. „Du blöde Kuh! Den Mord hätten wir ihm da anhängen können.", er zeigte auf seinen Komplizen bei den Drogen, „Den alten Dierks vermisst doch auch keiner." Ich wurde böse, weil ich an das freundliche Lächeln von Hermann Dierks denken musste, und bellte Jürgen Müller an. Rainer hielt Silke am Arm zurück, die sich auf Jürgen Müller stürzen wollte.

„Ich fasse zusammen: Sie haben auf dem Hof von Hermann Dierks eine Hanfplantage mit ihrem Komplizen angelegt. Das hat Ihnen aber noch nicht gereicht, daher haben Sie zusätzlich mit Frau Marten den Plan geschmiedet, an das Erbe und den Hof mit Land von Herrn Dierks zu kommen. Sie haben ihn glauben lassen, er habe eine Tochter und ihn schamlos belogen. Damit nicht genug, haben Sie ihn für sein Erbe umgebracht." „Wir hatten einen Käufer, der uns 300.000 Euro zahlen wollte. Jürgen wollte seine Frau dann verlassen und mit mir neu anfangen." Frau Marten begann zu weinen. „Für Tränen ist es ein wenig spät, Sie haben skrupellos ihre Rolle als Tochter gespielt und haben selbst nach dem Mord mit Ihrem Geliebten Jürgen Müller ohne Reue die Sache weiter durchgezogen." „Ihr Versuch, das von Ihnen selbst gefälschte Schreiben vom Vaterschaftstest verschwinden zu lassen, wurde von uns gestört, und danach haben Sie sich dann über Herrn Rohloff an mir und meinem Hund rächen wollen, weil dieser mit uns befreundet ist." Silke mischte sich ein. „Sie haben Hermann Dierks heimtückisch erschlagen. Und wären Siley und ich nicht dagewesen, hätten Sie auch nicht vor einem Mord an Ihrem eigenen Kollegen zurückgeschreckt.", Tränen standen Silke in den Augen und sie wandte sich angewidert ab.

„Ich will einen Anwalt.", Jürgen Müller lehnte sich zurück. „Den werden Sie brauchen. Sie werden sich auf mehrere Anklagen einstellen müssen. Mord, Drogengeschäfte und auch versuchter Totschlag, denn Ihre Fingerabdrücke auf dem Baseball-Schläger beweisen, dass sie auch Marc Rohloff angegriffen haben. Da kommt einiges zusammen. Die Suspendierung von Marc Rohloff diente nur, ihn davon abzuhalten, den Fall aufzuklären und ist somit mit sofortiger Wirkung aufgehoben." Der Anwalt sah Marc an, der wie ein Honigkuchenpferd strahlte. „Walte deines Amtes.", forderte Christian ihn auf. Marc verhaftete seinen Chef Jürgen Müller und dessen Geliebte Sandra Marten. Der Drogendealer wurde vorerst wieder auf freien Fuß gesetzt, bis zu seiner Anklage wegen Drogenhandels.

Marcs Kollegen gratulierten ihm und freuten sich sichtlich, dass Jürgen Müller nicht länger Polizeichef der Wache war. Sie wollten Marc Rohloff als Nachfolger vorschlagen. Der Kommissar war gerührt und wurde leicht rot. Er lächelte verlegen. Silke umarmte ihn, „Siehst du, habe ich doch gesagt, du kannst dich auf Siley und uns verlassen." „Ich danke euch.", dabei sah er Rainer, Christian, Silke und mich an. „Du bekommst von mir ganz viel Hähnchenfleisch für deine Hilfe.", zwinkerte er mir zu. Viele Hände streichelten mich und ich wurde mit Lob überschüttet.

Marc war wieder in seine Wohnung zurückgekehrt und Silke richtete das Gästezimmer für Rainer her. „Siley braucht meine Nähe erst mal mehr als du." Sie hob entschuldigend die Hände. „Aber ich habe eine Überraschung für dich.", strahlte sie Rainer an. „Komm, ich zeige sie dir." Hand in Hand gingen sie ins Gästezimmer, wo ein neuer Schrank stand. „Den habe ich aus dem Nachlass von Hermann Dierks gekauft. Er hatte so schöne antike Weichholzmöbel und ich habe ein paar tolle Stücke erworben." Rainer zog Silke an sich, „Ich weiß das zu schätzen. Was wird denn nun aus dem Hof?" „Der

wurde vom Museumsdorf Cloppenburg übernommen, da er noch unverbaut und ursprünglich ist. Mir gefällt der Gedanke, dort hinzufahren und den Hof wieder betreten zu können. Hermann hätte das auch gefallen.", Silke sah wehmütig aus, „Er wird mir fehlen, wie er in seinem schönen Garten stand."
Ich hob die Pfote und stimmte Silke zu. „Du warst wieder aufmerksam und hast den Fall gelöst.", Silke gab mir einen Kuss auf die Nase.

Silke hat mit ihren Freunden die Beisetzung von Hermann Dierks organisiert und sie nahm mich zur Beerdigung mit. Es war eine kleine Trauergemeinde, aber Silke war es wichtig, dass wir dabei waren. Ich saß brav neben ihr, als Hermann Dierks beigesetzt wurde. Ich vermisste ihn.

Epilog

Silkes Traum war immer ein Resthof, den sie bis heute nicht hat, aber für den sie auch keinen Mord begehen würde. Kein Geld der Welt ist es wert, ein Menschenleben auszulöschen. Wir leben in unserem gemütlichen kleinen Haus und träumen weiter von einem Resthof, wo ich mit Schafen spielen kann und Silke Hühner hält. Ein Bruder für mich wäre dann auch schön.

Bis dahin freuen wir uns darüber, dass wir gute Freunde haben, die im Notfall für uns da sind und mit denen wir auch sonst eine schöne Zeit verbringen dürfen. Diese sind unbezahlbar...

Reich sind die, die sich Träume bewahren und im Herzen fröhlich und rein sind.

In diesem Sinne grüßt Euch

Siley

Tod an der Bokeler Brücke

Print: ISBN 9783752825953
E-Book: ISBN 9783757873370

Tod im beschaulichen Augustfehn

Print: ISBN 9783756800148
E-Book: ISBN 9783756830220

Tod im Aper Tief

Print: ISBN 9783754349410
E-Book: ISBN 9783756846528

Krebs sei Dank

Silke Lüttmann

Krebs sei dank

Wie ich durch den Krebs über mich hinaus wuchs

Bericht

Print: ISBN 9783751997096
E-Book: ISBN 9783752632989

Ich werde Bürgermeisterin

Print: ISBN 9783754343708
E-Book: ISBN 9783754370551

Bämm